生命如此美丽

陈霞日记

陈霞/著

苏州大学出版社

希望幸运星能为人们带来幸运

"生命如此美丽",每个开始我都忍不住感谢造物主让我们生活在这个世界,而这世界又是如此美丽,我们能百年活在这世界上。

缘 起

岁月如金

我叫陈霞,是江苏省姜堰市梁徐镇东塘村的农家姑娘。2000年9月,经苏州大学附属第一医院确诊,我患上了急性粒细胞白血病。彻底治愈的惟一办法,只有骨髓移植。可是,人海茫茫,要找到相符的骨髓配型,机率是十万分之一!万幸的是,经过许许多多不相识的好心人的努力,台湾一位好心的大哥哥献出了自己的骨髓。2001年6月13日,两岸三地的电视台动用三颗国际通讯卫星,在五百多位电视工作者的共同参与下,实况转播了这次感人肺腑的骨髓捐献、移植、拯救我生命的感人场面。中央人民广播电台报道:"这是一个海峡两岸骨肉同胞魂牵梦绕的日子,也是海内外炎黄子孙心心相印的日子。千万双眼睛共同聚焦一个大陆同胞年轻的生命,千万颗心为中国'幸子'的命运而跳动。"患上白血病,我是不幸的,但我又是白血病患者中的幸运者。

抚摸着古木的纹理,我体会了生命不易

此后的许许多多个日夜,每当想起骨髓移植的那一天,我就激动得不能自已,禁不住泪水涟涟。

治病期间,我克服了令人难以想像的困难,坚持写日记。我要写下我的痛苦、沮丧,甚至绝望,也要记下我重获新生的欣喜和感激,我甚至天真地萌发了要将日记汇编成一

人生短暂,溪水长流

火烛虽小,给人温暖,给人光明

Beautiful Life

CHEN XIA DIARY

本书的念头,并祈祷有出版社愿意将我的日记正式出版。我希望能够通过这本书,让更多的人了解白血病,了解白血病人的痛苦,了解捐献骨髓是为了拯救一个人的生命,拯救一个家庭……

　　我真诚地感谢出版社的叔叔阿姨,让我的愿望得以实现。我希望这本书能够有更多的人去看,能够唤醒更多人的爱心!

故土养育我，给予我力量

2000年9月16日

生病前,我有着一头长发

今天是个灰色的日子。

学习电脑才第三天,不知为什么我总是没有劲,精神也不集中,思想常开小差,但我坚持到了下课。因为我上的是晚班,所以到很晚才放学,然后我就跟几个朋友一起去吃夜宵。我吃不下,很想吐,头也很疼,就回家去了。我不知道是因为我感冒了,还是因为前几天去学游泳不适应而引起的,有些拉肚子,眼睛也不想睁开,好想睡觉。第二天我再撑着上课时就真的吃不消了,我就让几个要好的朋友陪着去姜堰中医院看病。当时给我看病的都是一些实习生,他们问我有什么不舒服。我说:"头晕,四肢没劲,不想吃东西,牙齿出血,还拉肚子,想睡觉……"他们就给我看看眼睛、舌头,左问右问:"有没有吃什么不干净的东西呀?以前有没有过其他的病史呀?……"我说:"没有呀!我以前的身体很好的,我还是体育健将呢!身体突然就这个样子,还拉肚子,不知道是怎么回事?"他们给我开了止泻的药,说吃了就没事情,还估计我可能是痢疾,又说了一些容易传染之类的话,吓得我的朋友们都目瞪口呆的。

回去时我坐公交车,刚好碰到我们村的一个赤脚医生,我对他说:"曹叔叔,我最近不想吃饭,一点劲也没有,总想睡觉,你看会不会有什么问题?"他问我:"你去医院检查了吧?有没有去做血常规呀?"我说:"没有!"他的神情顿时严肃起来,用强调的语气说:"你不能这样马马虎虎的,什么事比健康还要紧?最好今天就去做血常规,再把报告拿回来给我看看,让我看看你需要吃什么药,知道吗?"

在曹叔叔劝说下,我改道去了姜

我的救命恩人曹叔叔

曹医生正在为病人针灸

堰市人民医院。挂号,就诊,化验,忙了个把小时,总算完成了做血常规的全套程序。我舒了口气,坐在医院走廊的长椅上等着报告出来。排在我前面的人早就把单子拿走了,排在我后面的人也取到了报告,就我一个人等待了好长时间。我的心越来越慌,虽然拼命要求自己别胡思乱想,但脑子里仍然禁不住冒出一个又一个猜测,就像一只只黑蝴蝶,在我颅内乱扑乱舞,搅得我的头都痛了。正在我越来越惊惶的时候,给我看病的女医生径直朝我走来,脸色很不好看,我的心忽地往下一坠,还没来得及问她,她就拉着我去了三楼的内科,找到了血液科的医生。血液科的医生叫我赶紧回去通知家人,还要我立刻住院!他嘱咐又嘱咐,明天一定要来住院!一定要来住院!住院!明天!

我拿着化验单从三楼走到一楼,我都不知道自己是怎么走下来的。我想我一定是得了什么大病,十有八九是绝症,是癌?血癌?……不!我不相信,我还年轻,怎么会是这样的病呢?我反反复复看手中的报告单,仅有的医学常识不足以让我透彻了解其中的内容,正因为如此,我更觉得严重。我的鼻子发酸了,眼睛模糊了,因为我想到了父母,如果我真的没救了,对父母将是怎样沉重的打击呵!

我决定不告诉父母,我想好好地陪他们度过我最后的生命!大约在晚上6点多钟,我回到了家里,赶快跑到厨房去把单子藏了起来,开开心心地跟父母像以前一样有说有笑地吃饭,吃好饭我就洗澡上楼睡觉去了。因为我一点劲也没有,心也慌,不知道这样做是对还是错。我挂着眼泪睡着了。

也许是老天不让我去死,从来不怎么去厨房的妈妈,今天突然心血来潮下厨房,竟在厨房的抽屉里看到了医院的化验报告!

当晚妈妈就和爸爸一起去了赤脚医生家,曹叔叔告诉他们我也许得了"急性白血病"。我父母当时的心情是没有人可以想像得出的。爸爸妈妈很晚才回到家,悄悄地上楼,来到我的床前,两个人都不说话,我想他们一定看见了我脸上的泪痕……

我的泪水就像家乡的河水长流

2000年9月17日

　　一大早,我还装着没事的样子起床烧饭。我揭开锅,早饭已经烧好了,因为妈妈一直都在工厂里忙,没有时间下厨房的,今天怎么了?我洗漱完毕,吃了早饭,爸爸对我说今天要去医院,我还在问谁要去医院呀?爸爸和妈妈的眼泪都流了下来,对我说,孩子,你别再骗爸爸妈妈了,我们都知道你身体不好。走!今天去医院给你检查一下。

　　我们到了医院,就办理了住院手续。做了一些检查后,医生就给我做骨髓穿刺。骨髓穿刺做起来很痛苦。小姨按着我的胳膊,妈妈按着我的双腿,我吓得大哭起来,旁边的人脸色都很苍白……

　　两个小时后,报告出来了,说我真的是白血病。我父母在门口失声痛哭……

　　爸爸妈妈商量,准备将我转往苏州大学附属第一医院,听说那里的血液科是很好的。爸爸当即就去银行取了两万元,直奔苏州。

　　今天是我住院第一天,也是长这么大第一次住院。我有点儿紧张,因为我怕打针,可是9点多就给我做骨髓穿刺,唉……好痛苦!中午,妈和小姨买来中饭,是我最爱吃的肉片粉丝,可是我一点都不想吃,看见就反胃。下午,朋友们知道我生病了,拎着水果来看我。我有些开心起来,但看到他们健康活泼的样子,心里又有些难受和嫉妒。他们带我去心电图室和放射科查了一下,总的说来还行。

诊断书犹如晴天霹雳，撕碎了我原有的正常生活

　　父母为我操了不少心，我感到很内疚，等我好了以后，一定要好好听他们的话。爸爸他现在应该到苏州了吧？苏州的骨髓报告也不知道怎么样了，我好害怕！难道我真的得了白血病吗？记得很小的时候，看日本电视连续剧《血疑》，里面的女孩幸子就是白血病。难道我和幸子生的是一个病……哦，我不敢再想下去，爸爸回来就知道了。陈霞，别太担心，痛苦的一天总会过去的！

十二岁的我

2000年9月22日

前天下午,我从姜堰市人民医院转到苏大附属第一医院血液科23病区。一路上我想了很多很多……我记得走的时候,爸爸红着眼睛强装着笑脸说:"孩子,爸爸带你去苏州住几天院,再带你去苏州有名气的地方玩玩,好吗?"爸爸说着,妈妈就从病房走了出去,小姨也跟了出去,我知道她们一定比我还难受,怕我看见她们伤心的样子,所以都出去了。我走到外面,她们看见我来了,都赶紧擦眼泪。我装着什么也没有看见,悄悄把自己的心情调整一下,用轻松的语气跟妈妈说了一声:"好吧,我们去苏州。"我没有其他办法来宽慰亲人,惟一能为他们做的, 就是尽量不让他们感到我的沉重和沮丧。我暗暗打定主意,从今以后,我一定要用坚强乐观的形象,回报为我揪心的亲人。

下午4点多,车子停在苏大附属第一医院住院处的楼下。爸爸去找医生,妈妈由于晕车有些不舒服,就在垃圾桶那里呕吐。尽管我已

我住进了苏大附属第一医院

在家乡的窑洞前

经打算对亲人摆出一副不怕痛苦的姿态,但当我看见妈妈那瘦小的身影时,从不在人前落泪的我还是忍不住哭了起来。我哭得好厉害,一是因为自己的病,二是因为连累了父母,三是还不知道自己以后会怎么样。爸爸和一个医生向我们走了过来,我突然有一种恐惧的感觉,那种滋味是无法形容的。然后医生把我们带到住院的地方,父母去办理好了住院的手续。

　　进病房后,我看见两个年龄和我差不多大的女孩子,一个在吃饭,津津有味的样子。还有一个好像病得很厉害,她看我的眼神好吓人!她们的头发都掉光了,我想我以后会不会也和她们一样啊?这种感觉好像在看恐怖电影时有过,我没有想到这样的事情今天竟然发生在我身上!躺到雪白而冰冷的病床上,一头钻进被子里,我的眼泪又不争气地流了出来……

我以后会不会也……

昨天上午我再次做了骨髓穿刺,并加做了染色体和免疫,检查结果还是"急性非淋巴白血病"。这下子,算是接到了"终审判决书"。正式化疗开始了。护士给我打了三瓶点滴,并把我父母都打发了出去(血液病房要求减少陪员)。那个时候我才真正感觉自己好孤独!今天早上 6 点钟又抽了 5 毫升血,下午还要挂水。我听别人说,只要住进来的人,住最少要两个月。这两个月怎么过呢?为了不辜负父母对我的希望,再苦也要坚持下去。但是两个月就能出院了吗?出去了就不要再来了吗?我的心里充满疑问,希望老天能帮帮我!

2000年9月29日

　　昨天,我从23病区转到12病区(这是一个进行强化疗的地方,有更好的设备进行治疗),也许是对环境的不适应吧,我的心情坏透了。我在23病区住了九天,每天都要挂水。住进去的第二天挂了三瓶水,还做了骨髓穿刺;第三天四瓶,还挂400毫升血;第四天四瓶;第五天七瓶;第六天三瓶;第七天七瓶,挂400毫升血;第八天七瓶;第九天四瓶,挂200毫升血小板。也就是今天,9月29日下午,我转到无菌病房。从今天开始,我就是一个与世隔离的人,但我想再苦再难熬,我也要挺过去。

　　祝福我吧,善良的人们!

病中的我笑得好勉强

2000年10月4日

今天挂了三瓶水、400毫升血小板,吃了一粒通便药。10月1日,三瓶水、一粒通便药。10月2日,三瓶水、四盒复方皂矾丸、一小瓶口服药水。10月3日,三瓶水,6点钟抽了一大针筒血做培养。谁知那管子是坏的,只好又抽了一针筒血,唉!抽得我一点力气也没有。后来又发起了低烧,38.7度,还好我有"特异功能",短短几个小时体温降到37.4度(那就是感觉到自己好像要发烧了,赶紧多喝白开水,把袜子也穿上,然后躲到被子里睡上一觉,哈哈……就好了!)真险哦!每天都在经受皮肉之苦,忍着吧!

自信,自强,坚持,坚持,才是胜利!对吗?

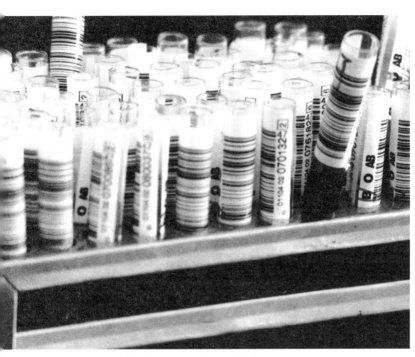

吃不完的药,挂不尽的水,做不完的血样

2000年10月7日

今天七瓶水,中耳炎,好疼。现在为这个耳朵都花掉三万元了,怎么还不好呀?听医生说,我的耳朵里面现在都是坏的细菌,有可能要扩散。要是扩散那麻烦可就大了,因为我现有的各项指标都很低,医生的意思好像也没有办法了。我乞求老天帮助我,因为我从来都没有做过坏事,为什么命运对我不公平!认命吧,陈霞,只要你努力过,就没有什么可遗憾的了!

晚上我输了400毫升血。

2000年10月18日

　　昨天我整整挂了一夜水,两个手臂都肿了,有十瓶水。今天又是十四瓶水、200毫升血、一瓶营养液。10月9日到10月16日这几天,我的心情不太好,饭量也比以前少,妈妈给我买了八瓶八百元一支的二性霉素B和营养药,唉!我也很想好好地多吃饭,可是我是真的吃不下去。如果我能吃饭的话,就可以省下六千四百元,这钱就可以做一次小化疗了。我要努力呀!

　　陈霞,不要担心,马上你就可以吃饭了,坚持就是胜利!

2000年10月20日

　　前几天都挂消炎药和营养液。

自信,才是你的名字

生活是多么美好

今天医院给我做了骨髓穿刺,也不知道情况如何。

算起来,进医院整一个月了,不知什么时候才能回家。在无菌病房我特别想念家人,现在我才真正知道和家人在一起的感觉是多么的好!生命是多么的可贵!我要坚强地活下去,报答关心我的人。

2000年10月25日

今天,医生停止给我用药了,骨穿化验报告也出来了,可惜不理想。我很难过!

医生说要给我换用别的药,我好像是耐药性很强的那一类人(就是说什么药对我都没有用)。我很害怕,我怕的不是别的什么,我是在想父母为我付出了这么多,而我却没有一点点好转的趋势,相反坏细胞还在增加,怎么办?爸爸妈妈,对不起,我真的是尽力了!我相信有付出就一定会有回报的,对吗?再苦,我也要熬过去!

下午医生给我换了药,说要把所有的细胞全杀

在最后的日子里,我一定要坚持下去……

死,当然也可能有很多对我不利的事情会随时随地发生,希望我父母做好思想准备。当时还有一个东北来进修的医生对我妈妈说:"你们家的孩子现在是死马当活马医,我看你们还是准备好后事吧!她没有玩过的地方就带她去玩玩!"我妈当时就冲她发火说:"作为一名医生,你的权利就是给病人看病,你应该理解我们家属的感受,我们既然到这里来看就是相信你们!我们没有什么好准备的,我们只有准备钞票!只要孩子还有一口气,我们都不会把她带回家的!"我知道其实医生说出这样的话,肯定是认为我的病没有希望了。我很感谢医生这样说,我不希望父母人财两空。但我更感谢妈妈对医生的否定,我知道天下所有的父母对儿女的感情都是一样的,可以用自己的生命去换回儿女的生命!

  医生做了个决定,让我在外面普通病房先化疗五天,再进无菌病房,我想这也许是医生给我最后一次和父母交流的机会吧!不管怎样,在最后的日子里,我一定要坚持下去。我真的很想要健健康康地回家!今天是五瓶水,400毫升血小板,一瓶蓝药水。

2000年10月30日

10月26日,七瓶水,一瓶蓝药水。

10月27日,十瓶水,还加了很多的化疗药粉。

10月28日,400毫升血,1750毫升药水。感觉还可以。

10月29日,爸爸妈妈去山东了,因为我的耳朵还没有好转,他们去山东淄博帮我看看人家有没有什么祖传的灵丹妙药(估计他们也是听别人说的吧)。爸爸妈妈,你们为我受苦了,我好后悔以前没有和你们好好地呆在一起!你们明天就会回来了吧?我现在好想你们!

今天是我第二次化疗结束,我希望这次的化疗能够给我带来好运气!

2000年10月31日

今天是我第二次进无菌病房,住的是第18床,环境特别差,没有原来的16床好。什么声音都有,风机产生的噪声,护士走来走去的拖鞋声,电话铃声,消毒声,关门声……讨厌!太讨厌了!一个接一个的吵闹声,烦死了!什么无菌病房,太旧了,我看跟普通病房没什么两样,跟外面没有两样!唉,忍吧!战胜一切,坚持到底才是胜利!不开心的时候,烦的时候,看看气功书,打打电话,或者叫妈妈买点

第二次进无菌病房

杂志报纸瞧瞧……开心的事很多,人生的路还很长。陈霞,你不是老讲痛苦也是一种欢乐吗?尝到生与死的滋味才算是真正的人生,难道不是吗?你一定要坚持熬过去,要相信自己!

真的应该珍惜与父母相处的每一天。

当我刚会用小小的眼睛观察世界的时候,映入眼帘的总是妈妈无比慈爱的脸庞。渐渐地,我从襁褓中的小不点儿,长成小丫头片子,又长成了大姑娘,可妈妈眼角却浮起了一条条鱼尾纹。以前我从未在这些鱼尾纹上发现什么,现在细想想,这里头有着太丰富的内容。爸爸呢,一天天,一月月,一年年,也在不知不觉间变化,岁月在他的额头烙上了痕迹,以前我也是有点视而不见的样子,现在我不由得责怪自己,为什么不曾想到每天抚摩一下爸爸

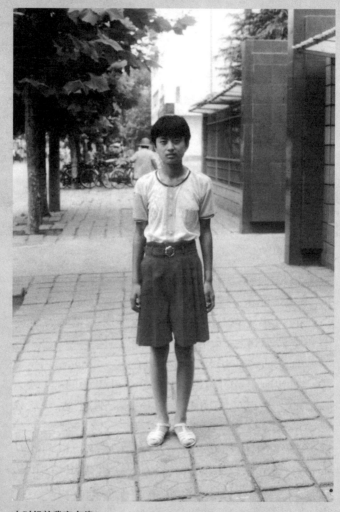

小时候的我有点傻

我曾经在这儿上学

的额头？要不然，或许爸爸额头上的皱纹就会少些。

更应该责怪自己的是，为什么我从未表现出对家中的饭菜有很浓厚的兴趣？以前我只觉得那都是些平平常常的家常菜，现在我才明白，和爸爸妈妈坐在一张桌子上，吃自家厨房里炒出来的菜，自家锅里煮出来的饭，该是怎样的温馨和幸福！

上小学了，爸爸妈妈送我、接我，从学校到家的路上，爸爸或妈妈搀着我的小手，一路走一路问我的学习情况，以前我也未感到有什么特别的，现在我多么希望那些岁月能够重过一遍，让爸爸妈妈温暖的大手攥住我的小手，听他们问这问那……

都是些琐琐碎碎，都是些平平淡淡，与父母相处的每一天，就是在这样的平淡无奇中度过的。到了今天，我才忽然间意识到，诸如此类平淡的一天又一天，恰恰是我们应该珍惜的。

因为这就是生命最真实的表现形式！

骨髓移植前,我的血型是 AB 型,调皮是我的天性

2000年11月1日

爸爸妈妈，我好想你们！今天开始人有点没劲，想吐又吐不出来，肠子都快要翻出来了。这里好冷，想起以往冬天爸爸给我灌好的热水袋，是多么幸福！现在自己躺在这冷冰冰的病床上，真是痛苦难忍！我什么时候能回家？爸妈，我好想你们！爸妈，你们能撑下去吗？我会挺过去的！为你们而活，不是吗？

晚安，爸妈！

2000年11月3日

今天有个医生来看我，他叫高广义，泰州人，和我是老乡。他在23病区实习。唉！住院这么长时间，他是第一个能到无菌病房来看我的同乡，我好激动！我对高叔叔讲："谢谢叔叔对我的关心，我一定会挺过去的！"他说："我和你爸爸是好朋友。你放心，只要你积极配合医生的治疗，就会没事的。"我知道他在骗我，积极配合也许对我来说已没有用了，但是为了父母，我也会作最后的努力的。好长时间没有看到爸爸了，今天看到爸爸的朋友，就如同看到了爸爸一样，心里有点儿安慰。我把手伸了出来，跟他握了握。听妈妈说今天晚上爸爸他会来，我好想念他！

我好想念爸爸

2000年11月7日

今天,医生又给我输了血小板,护士告诉我,现在血小板是4000,骨穿报告显示治疗效果很好。我感谢我的主治医生吴德沛,让我看到了一点希望!真的很感谢他!爸爸妈妈,我想我一定会没事的,我会努力再努力的!下午我又搬到16床,开始化疗,心里好难受,想呕吐。我要化疗五天,但愿我能平安度过最困难的日子!

我的主治医生吴德沛

2000年11月8日

妈妈,今天你来看我,我好激动,好兴奋,流下了快乐的泪水。我一直努力不让自己在亲人面前流泪,不愿让自己的泪勾起亲人压在心底的伤感,但快乐的眼泪是不需要抑制,不需要掩饰

妈妈为我操碎了心

的。妈妈,你最能分辨出女儿的泪是悲凄的还是欢乐的。希望我快乐的泪水让妈妈欣慰。

妈妈、爸爸,你们也要好好保重身体!还有小舅、舅妈,你们为我操了很多心。也不知道舅妈的心脏好点儿了没有?舅舅的身体还好吗?我觉得我好对不起你们!我一个人生病,连累这么多人操心!我希望这一段痛苦的时光能够早点儿过去! 想念你们!

2000年11月14日

　　昨天医生又给我输了血小板,她告诉我,我现在血小板7000,血红蛋白5.5克,白细胞600。今天是化疗第四天,又输了400毫升的血,希望能平安地渡过这一关!

　　今天我又发烧了,38.6度,好难受。我知道此时此刻父母是最痛苦的,我要坚强地活下去,珍惜这来之不易的生命!妈妈,我好想放声大哭一场……知道我是多么爱你们吗?我欠你们太多太多……

　　想念你们!

《五体不满足》里的乙武洋匡真不简单

2000年11月19日

前天输了一袋血小板,停了抗菌药。昨天输了两袋MAP血,白细胞又长到700,但总是上下浮动,让人揪心。希望能够赶快平稳下来,让所有的人放下心。身上的细胞,拜托了,请你们快快长,好吗?到时候我再给你们多补营养,行吗?今天护士告诉我,血小板15000,血红蛋白7.8克,白细胞700。我好高兴,我看到希望啦!我有好长时间没有这样开心过了。

2000年11月26日

中药好苦,好难吃!但是为了不辜负爸爸妈妈对我的一片希望,再苦再难喝,我也会咽下去的!

在我喝药的时候,我通过净化室的玻璃窗偷偷观察爸爸妈妈的神情,分明从他们脸上看到了希冀。随着碗里药汁的减少,爸妈脸上的希冀在增加。所以,不管有用没用,我都要让他们看到,他们的女儿非常乐意喝这个药。

这几天身体很虚弱,身上也总是出冷汗,晚上吃的饭和药都吐了。心里好难受!也不知道这一关我能不能挺过去,这种苦难什么时候结束。

2000年11月29日

明天,也许我可以出无菌病房了。唉!一个月又是一个月,不知是怎么熬过的,路还长着呢。慢慢走,走一步算一步吧。忍一忍,天无绝人之路。超越自我、超越生命之人才能赢得整个人生!

2000年12月1日

昨天做了骨髓穿刺,病情终于缓解了。我们一家人等待这一天有好久了,我好开心!今天又要做腰穿,这个滋味真的很不好受。做的时候要侧躺着身体,先打麻药,再由医生用一个很长的针扎进骨头缝里去,脑脊液就一滴一滴地滴到一个小瓶子里,然后还要再打什么黄颜色的药水,好疼!比打麻药还疼!做了大约有十几分钟吧。据医生介绍,我所患的这种白血病,病情缓解后极易复发,惟有接受骨髓移植,才可能完全康复。我是独生女,没有兄弟姐妹可以提供骨髓,而从没有血缘关系的人群中找到相合配型的概率只有十万分之一。也许再过几天我就要去北京,和我的主治医生一起去配型,去寻找那生命之源。愿老天保佑我!

2000年12月13日

这几天,我和父母以及我的主治医生吴德沛一起去了北京。因为我的病情有了缓解,所以现在就是要赶快进行骨髓移植。骨髓移植的前提就是要找到配型相合的骨髓,可这在江苏还没有先例。所以这次到北京找陆道培院士(他是中国工程院院士、北京血液研究所所长),请他帮助想想办法。

我们一家人在吴德沛医生的陪同下去了北京市人民医院的配型室,找到了主管这方面工作的配

爸爸和我的主治医生吴德沛在北京合影

型医生李丹。她是一个很和蔼的人，知道了我们的来意，就让我们坐在那里等待，然后就和吴医生一起帮我办了手续。轮到我们时，医生问我父母谁先来。我愣了一下，问护士："您好！请问我父母为什么也要抽血？"那位护士很有礼貌地跟我说："也许你的父母能够和你配上啊。"我又问她："难道就没有其他方式可以治疗了吗？"她说："有啊。治疗白血病有多种方法，比如：非血缘关系的骨髓移植；有血缘关系的骨髓移植；非血缘关系的外周血干细胞移植；有血缘关系的外周血干细胞移植；非血缘关系的脐带血移植；有血缘关系的脐带血移植；自身骨髓移植；自身外周血干细胞移植。"她还告诉我："接受移植的人首先得要有好的心理素质，来承受自己整个手术过程中可能出现的种种意外。同时，移植的人的身体素质也相当重要，要在血液中完全没有坏细胞的情况下进行移植手术。当然，好的医护人员也会起很大的作用。另外一点就是病人要配合医生，与医生合作，相信医生的话，靠自己的毅力来克服一个又一个所要遭遇的痛苦。"她给我上了一堂生动的骨髓移植课，我真的很感激她！

本来她也不必给我讲这么多的，但她非常耐心非常详细地给我讲了，想来是为了让我了解得多些，信心足些。在这个社会里，善良的人还是处处有的。

我父母各抽了 10 毫升血，我抽了 20 毫升的血，感觉还可以。只是让父母和我一起受罪，我很过意不去。

抽好血已是中午，我们四个人去了天安门附近的一家饭店。我有好长时间没有和家里人一起吃上

北京的天很冷，我的心还是暖烘烘的

一顿好吃的饭了,今天他们都叫我点菜,我就点了很多我爱吃的,有盐水虾、椒盐排骨、北京烤鸭,还有我喜欢吃的土豆丝,还有北京的风味小吃……吃得我都快走不了路了,哈哈!

吴医生怕我累,也怕我着凉,就叫他的朋友开车,带我去看了世界上现存规模最大、保存最完整的宫殿建筑群——故宫,毛主席纪念堂、人民英雄纪念碑自然也不能错过。我们拍了许多照片。又去王府井买了好多吃的、用的东西。北京的天气很冷,给人一种很苍凉的感觉,但是一想到有那么多人在鼓励我、关心我,我的心里还是暖烘烘的!

来的时候我父母要订飞机票,被吴医生劝阻了,他说:"孩子现在是最要用钱的时候,我们还是省省吧!坐火车去也一样,一夜就到了。"

现在我们已是在返程的路上,回去后还要巩固化疗。这次的心情和以往是不一样的,我相信能挽救我生命的健康骨髓一定能够找到。

2000年12月15日

今天我又进无菌病房了,还是16床(好巧,每次都是16床,哈哈!)。也许这次要住二十多天吧!因为这一次是强化疗,所以要多呆几天。

在插管前护士长走到了我的床前,说:"陈霞,马上要给你插个管,因为你的静脉都硬化了,现在也只有这样了,你看好不好?"其实护士长平时很严格的,但今天对我好温柔。我就对护士长说:"护士长,怎么好就怎么办吧,我都听你们的!"护士长拍了拍我的肩膀说:"陈霞,你真是好样儿的,你是我的病人学习的榜样!"我就冲着护士长做了个鬼脸。护士长好像还有什么话要对我说,却又不好说,我就主动问道:"护士长阿姨,您是不是有什么话要对我说呀?"她很惊讶地"哦"了一声,对我说:"你怎么知道的?难怪我听他们都说你是个小机灵鬼呢!"一阵笑声之后,护士长开始告诉我:"今天给你做的插管还没有人做过,但是在北京是很常见的。我要跟你商量的是,要不要给你打麻药?如果给你打的话,就看不见血管,不打的话,你恐怕会很……"我知道护士长要和我说什么了,我在无菌病房一共呆了也快一百天了,看不见自己的亲人,好寂寞好空虚好无聊!今天终于有人能和我商量事情了,护士长长得好像我妈妈!突然我就想到了妈妈的话:"孩子呀,你一定要坚强!我和你爸爸不能失去你呀!"我就毫不犹豫地向护士长表了态:"好的,那就不要打麻药了吧！与我父母心里的苦比起来,我这一点皮肉之痛算什么呢?阿姨您就赶快给我做吧!"护士长听了我说的话,激动得热泪盈眶:"好孩子,阿姨会很小心地给你做的。"

过了大约半个小时,护士长朱霞明,还有沈老师,她们两人帮我插管子,那是一根长达26厘米的针管,从手背上打进去,一直打到胸部,当然麻醉也没有打,其实真的是很疼,但是我没有吭一声。终于做完了,大约有二十分钟吧,我的感觉就好像在做梦一样,只知道做好以后我手下的被子全湿透了,脸上好苍白。我嘴里还在喃喃地说:"我不怕痛,你们打吧!"不知不觉我睡着了……

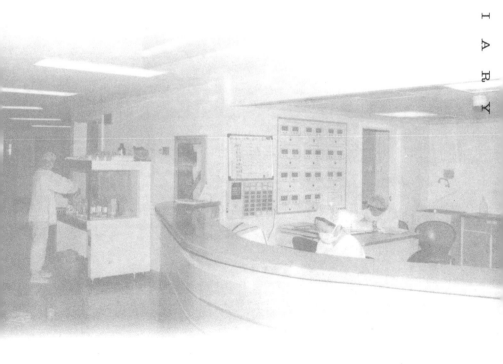

2000年12月21日

昨天是我化疗的最后一天,终于结束了。一天六大瓶、三小瓶,二十四小时不停地输液,恶心,头晕,全身乏力,这样六天六夜非人的生活,终于过去了!我就要解放了呀!朋友们,为我祝福吧!

2000年12月25日

不知不觉我进无菌病房十天了,这十天真不好受。唉!再熬十几天就可以出去了。

血液病科（净化病区）
HEMATONOSIS DEPARTMENT (PURIFICATION WARD)

血液科简介

血液病学科是国务院公布的首批硕士和博士学位授予点，首批江苏省卫生厅和核工业总公司的重点临床科室，是国家卫生部批准的全国重点血液医师进修基地、博士后流动站，首批国家级继续医学教育学习班承担单位，血栓与止血研究室被卫生厅评为定向科研基地，也是江苏省核医学生物技术重点实验室的重要组织部分。在学科带头人阮长耿院士的领导下，始终坚持临床和科研相结合，在血栓与止血研究、白血病发病的分子机理研究、白血病的MICM诊断、白血病的诱导分化治疗和造血干细胞移植治疗以及白血病的耐药机理研究等方面，均取得了很大成就，一些成果处于国内领先和国际先进水平。1988年开始做自体骨髓移植治疗白血病，结合移植后定期化疗，使白血病6年以上长期存活率达57%；1995年开始做自体外周血干细胞移植，1996年起进行异基因外周血干细胞移植和异基因骨髓移植。目前，该学科是我省移植病例最多、技术最规范的单位

今天又输了两袋血,营养液也停了,饭量也大了,心情也开始好多了。现在白细胞是600,血小板16000,血色素6克多。所有指标都在开始往上升,希望一切都能够向好的方向发展!

2000年12月28日

今天爸爸又来了,从他的谈话中听得出他很累。爸爸,你真的是累,你要用你的肩膀扛住突如其来的苦难。我知道,女儿的病痛是你最大的苦难。你要勉励女儿不言放弃,首先就得不允许自己放弃,连脑中一闪之念也不允许。

我此时好想哭,也许是因为自己很孤独吧!我想出去,我向往自由!

2000年12月29日

这两天我心里难受，不知是因为血小板低，还是因为身体不舒服，还是因为……总之我特别想哭！想出去！我变得如此脆弱，我觉得好孤独，好可怜。我从来就没有这么孤独无助过！我的心情无法再让我写下去了，我开始讨厌写日记，我不想记住讨厌的过去……

这两天我心里难受

2001年1月8日

　　今天我终于走出无菌病房啦！我在里面整整住了二十四天，整天牙疼得不能吃饭，还拉肚子。唉，真痛苦！

　　现在最要紧的就是要找到适合我的健康骨髓。听医生说，再过一两个月，就必须找到健康的骨髓，并把它移植到我的体内，这样才能彻底治愈我的白血病。我还听医生说，要想找到和自己一样的骨髓，那是很难的，只有十万分之一的可能。十万分之一呀！那是一个什么样的概念？我好希望老天能够保佑我，让我渡过所有的难关！

2001年2月26日

昨天,我好难受。我有五天没有进一滴水,二十几天没有吃东西了,各项指标都不是很好,也许是化疗的原因吧。我的口腔溃疡,眼睛也看不清楚,血小板只有10000。

平时很严格的护士长今天对我特别的好,还要求我妈妈今天给我陪床,我好感动!但是我很心疼妈妈,她为了我,瘦成了八十五斤,还去为我献血(因为直系亲属有献血记录的话,我输血只要一半的价钱)。妈妈是太辛苦了,我叫她回宿舍休息,她很不愿意走,但最后还是被我"逼"走了。

没有预料到的事情还是发生了。大约在晚上8点钟的时候,我感觉心里有些难受。医生来看了看,说没事的,但我自己感到呼吸很费劲,好想呕吐。我就使劲喝水,喝了有700毫升吧,然后吐了很多黑色的东西。护士一看,就赶紧大叫医生:"陈霞吐血了!"病友们都吓得跑过来看,医生又赶快打电话通知我妈妈。看到了妈妈,我好想哭,也不知道是因为什么,也许是觉得自己快不行了,好想和亲人在一起吧!我偷偷地躲在被子里哭。我断断续续吐了有四个多小时,最后终于把食道的黏膜和血块一起吐出来了。啊,不祥之物——长长的黑血条终于被我吐了出来!把这些呕吐物拿去化验的时候,医生还不给化验,他们认为这仅是血块而已,用不着化验。你说好不好笑!

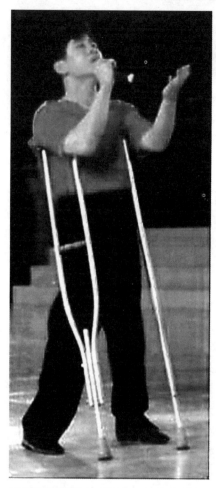
至少我们还有梦

今天又是一个艳阳天,多明媚的阳光啊!我从来没有觉得阳光是如此柔和,如此亲切,如此美妙,如此灿烂。我的心里充满了一种感动。人睁开眼来就能见到阳光,真是幸福!我好想唱歌,为太阳,为我自己,为活着。我又拿着瓶子当作麦克风,在走廊里哼起自己喜欢的歌了!

"风雨中这点痛算什么,擦干泪,不要怕,至少我们还有梦……"

2001年3月9日

这样两段话,也不知是什么时候从书上摘录下来的,我觉得蛮有意思的。

要多少年的时光才能装满这一片波涛起伏的海洋?要多少年的时光才能把山岩冲蚀成细柔的沙粒,并且把它们均匀地铺在我们的脚下?要多少年的时光才能酝酿出这样一个清凉美丽的夜晚?要多少多少年的时光啊,这个世界才能等候到我们的来临?

若是在这样的时刻里还不肯还不敢说出久藏在心里的秘密,若是在享有的时候还时时担忧它的无常,若是在爱与被爱的时候还时时计算着什么时候会不再爱与不再被爱,那么,我哪里是在享用我的生命呢?我不过是不断地在浪费它、在摧折它而已吧!

我沉思……

2001年4月10日

人的生存,不能盲目也不能麻木。有人说糊涂点好,想多了反而痛苦。实际上,很多人不去想,也很苦。想多也苦,想少也苦,总之都是苦。想多一点,清醒一点,虽然痛苦,但是清醒的痛苦比糊涂的痛苦要好得多,也较容易治疗。对于过去,不要有太多的回忆,回忆带来伤感,回忆会消磨人的意志。对于未来,不要太多地想像,太多夸张,最重要的是把握今天,一步一个脚印。"千里之行,始于足下"。不要嫌事小,大事从小事做起;不要嫌走得慢,走比不走好;不要羡慕别人,羡慕本身就是觉得自己渺小。走自己的路,不要东张西望,不要回头,一直走下去。不要追问结果,只要努力,只要付出,这样才会是真正的成功者。

"千里之行,始于足下"

2001年4月18日

从进医院的第一天起,命中注定我似乎要比别人多吃些苦。但我从来没有悲观过,没有后悔过,更没有消沉过,因为我有一个好爸爸和好妈妈,所以说为了父母我也要活下去!我始终相信这么一句话:"精诚所至,金石为开。"

上午,我躺在床上发呆,妈妈就睡在我的床边。电话铃突然响了,妈妈接的。听着电话,她脸上的表情渐渐由痛苦转变成期望,再变成惊喜,我看出妈妈很开心的样子。挂了电话,她就一把抱住我,哭着说:"孩子,你可有救了!你要的骨髓在台湾找到

我始终相信这么一句话:"精诚所至,金石为开。"

了!"听妈妈说这话的时候,我的心跳也加快了,我真的很开心。妈妈的泪水流到我肩上,这是幸福的眼泪啊!为了这一天,我们一家人整整等了大半年。我赶紧跑到了医生办公室,告诉他们配型的骨髓找到了,他们听了也都很激动,很开心。然后我又跑到病友的房里,想宣布这个好消息,但看到他们因化疗而难受的模样,我欲言又止。我暗暗地发誓,等我好了以后,一定要帮助那些和我一样在痛苦中挣扎的人。

2001年5月23日

为了保证骨髓移植手术的成功,医生让我在家里休养了一段时间。今天,马上又要启程到苏州的医院去了,但这次和以往是不一样的。因为以前每次去,心情总是很不愉快,就像走在一条没有目标的路上,只知道走,走到什么时候不知道,而现在终于看到目标了,有希望了!

苏州有线电视台的记者一直跟着我,他们还告诉我说:"陈霞,你这一次的骨髓移植将会轰动全国乃至全世界。这次主持两岸三地全程直播的有凤凰卫视的吴小莉、刘海若,台湾东森电视台的王佳婉,

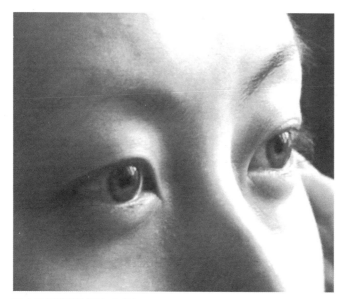

现在终于看到目标了,有希望了

江苏电视台的杜荧、韩永联,苏州12频道的俞晓,全是知名主持人。在6月13日这一天,他们会全程报道骨髓从台湾一直到你身上的移植经过,你说你幸运不幸运?"听到他们的话,我对自己更加有信心了。为了我的康复汇集了这么多人的心血,我会努力加油的!

2001年5月25日

这几天一直在做全身检查，从检查的结果来看，我还算一切正常。听说我国的工程院院士，也就是我的主治医生吴德沛的老师陆道培马上要从北京赶到这里，来为我的移植手术作详细的研究。午饭前，陆道培爷爷来了，吴医生就把我带到了他面前。

陆爷爷看了看我说："你们看这个孩子很乐观的嘛！德沛呀，你们有很好的治疗方案，汇集了这么多的留洋医生，这次的手术肯定会成功的，我们不是要有百分之百的把握才做，而是要尽百分之二百的努力去做！"听到陆爷爷的话，我好快乐，因为我是真正看到了希望——生命的希望！我妈妈在一旁也激动得哭了。陆爷爷边说边把他的手放在我的肩膀上，刹那间我似乎感觉到有一股生命的力量从肩上一直贯穿到全身。陆爷爷拍拍我的肩膀，微笑着说："不错！身体不错！精神也很好！就要保持你现在的样子，知道吗？孩子，有一个良好的心态，对你的移植会起到很好的效果！"我感动得说不出话来，只会像妈妈那样一个劲儿点头。

陆道培爷爷

2001年5月28日

前几天是陆爷爷来，今天李政道爷爷也来了，我陈霞真的是三生有幸呀！两位著名的爷爷都为了我千里迢迢而来。今天李爷爷来，是为了考察这里到底是不是能够做非血缘骨髓移植手术，因为我是江苏省的首例。

我歪着头看着李政道博士，眨着眼睛说："您就是李博士？"

李政道博士笑眯眯地说："哦！你就是那位要接受台湾骨髓移植的病人？"

我说："是的，那我就叫您李爷爷吧！其实我以前在电视上就看见过您了！"

李爷爷一把抱住我说："这小姑娘很乐观嘛！很好很好！"然后他转过身向跟他一起来的人说："真的很不错！不错！你们看……"接下来我就听不懂他们说的什么了。我只知道跟李爷爷一起来的人都在看着我，给我拍照片、录像……

由于刚做了胸骨穿刺，我精神有些不集中，跟李爷爷就在迷迷糊糊之中分手了。

李政道爷爷

2001年6月3日

今天又一次住进了无菌病房,因为6月13日我就要进行骨髓移植了。此时此刻最开心的人应该就是我了,可是我的心情竟非常平静!我也不知道是为什么,我只清晰地记得在我进无菌病房前,医生叫我爸爸签字的情形,手术通知单上赫然列着:中耳炎随时会引发大脑感染、休克,移植后可能产生许多并发症,诸如肺部感染、心脏问题、排异反应等等。

我以前也听说过病人接受移植后有很多并发症出现,甚至就此悄悄离开人世的。我想了很多很多,但最终我还是把心态调整得很好。无论最后我怎样,医生和父母都已经尽了他们最

记者杨晓冬一直对我进行跟踪拍摄

大的力量来拯救我,而我也已尽力了,我们大家应该都不后悔了。所以说无论骨髓来还是不来,对我来讲都是一种很好的解脱,我还是幸运的。所以我要感谢我的父母,感谢为我进行会诊的台湾骨髓移植专家李政道爷爷、中国工程院院士陆道培爷爷、我的主治医生吴德沛叔叔,还有那位捐献骨髓给我的不知姓名的台湾哥哥、我的许多朋友,以及那些关注着我的人们(感觉好像是遗书哦)……我相信我会成功的!

下午我去三楼的手术室做了插管,感觉还可以,就是有点紧张。一直对我进行跟踪拍摄的苏州有线电视台记者杨晓冬,也来拍了不少的资料。4点钟的时候,我和病友们一个个打了招呼,就去洗澡消毒,然后进无菌病房。又是16床,好有缘分。

今天还要挂五瓶水,还行,我还能挺住。

2001年6月13日

今天,两岸联手,拯救我的生命

今天,对我来说,是一个很特殊的日子,因为我看到了希望!看到了生的希望!此时此刻我的心情兴奋得叫人无法想像。我感悟到了什么叫生命,生命就是希望,也充满艰难与险阻,惟有坦然面对生活中的一切成功与失败、光荣与屈辱、病魔与健康的人,才是生命的强者!

2001年6月14日

手术如期成功了!我始终满怀感激地生活着,不论对父母亲、医护人员、台湾的哥哥、所有的慈善人,还有那些陌生的人群,我都怀有一种说不出来的感激之情!我只有将这一切默默记在心底。

[背景]为了拯救陈霞的生命,苏大附属第一医院血液科主任吴德沛教授决定向台湾慈济骨髓捐赠中心求助。他找到了与台湾慈济骨髓捐赠中心主任李政道博士有密切联系的北京医科大学血液研究所所长陆道培院士。陆道培立即与李政道取得了联系,李政道表示尽最大的努力在台湾寻找配型相

符的人,并希望尽快将陈霞的血样通过一定渠道送到台湾进行配型。

2000年12月,陈霞在吴德沛主任的陪同下,与父母一起抵达北京。当天即抽取了陈霞的血样,并详细填写了骨髓配型申请表,送往台湾。

2001年4月,台湾传来消息,骨髓配对成功。5月,李政道来到苏州。在苏州期间,他对陈霞的骨髓移植给予了技术指导,并对苏大附一院血液科、江苏省血液研究所进行了实地考察,认为苏大附一院完全有能力、有条件成功实施高

两岸媒体全程报道

难度的非血缘骨髓移植。李政道还说,白血病一定要从和自己同样祖先的人群中寻找配对,大陆的白血病患者在台湾容易配对成功,就是因为我们是同祖同宗,都是炎黄子孙。

陈霞再次住进了苏大附一院,开始接受极为细致的身体检查。6月3日,陈霞被送进了无菌的层流室,医生开始给她进行预处理化疗。这次化疗剂量更大,陈霞每日吃的药片,便超过一百粒。血液科副主任医师孙爱宁告诉记者,陈霞虽因超大剂量化疗身体较虚弱,但状况良好。她对移植手术的成功充满信心。

这是一条漫长而复杂的路途,这是一次跨越海峡两岸满盛着血浓于水的血缘亲情的救助大行动。这次移植引起了两岸三地媒体的极大关注。6月13日早晨7时起至晚上11时30分,香港凤凰卫视、江苏卫视、苏州有线电视台以及台湾东森电视台、大爱电视台将携手对全程进行间断

陈乃裕爸爸带给我新的生命

台湾四位妈妈在看望我

父母笑了

两岸的妈妈紧紧握手

性直播,这在中国电视史上是第一次。其中,凤凰卫视著名主持人吴小莉将从台湾花莲全程跟踪至香港、上海、苏州进行现场报道。这次直播,共租用了三颗国际通讯卫星,动用五辆卫星直播车,两辆数字转播车。

  随着骨髓移植手术日子的临近,越来越多关心陈霞的人来到医院,他们带来了鲜花和祝福。苏州的周静小姐送来了一个漂亮的花篮。然而,根据治疗需要,她不能走进隔离区,也无法见到陈霞。她只能通过电话,向陈霞送去了问候与祝福。

  经过医院特许,记者穿上隔离衣来到了陈霞的无菌病房前。透过小小的玻璃窗,记者看到陈霞虽然因化疗失去了乌黑的头发,但依旧那么漂亮。见记者正看着她,她微笑着挥了挥手。记者拨通了她房间的电话。陈霞说,她最想见到的是台湾为她捐献骨髓的人,她只知道他是男性,二十六岁。她猜想,他一定是位风度翩翩、很大度的男士,个头在一米七六至一米七八之间,不太胖,戴墨镜,很亲切。

  那位男士是谁呢?按照国际惯例,这份档案,只能在陈霞手术一年之后才能打开。

福到了

2001年6月15日

  我的胃口不是很好,肉体也受了不少折磨,但我的精神一直很乐观。人生其实像一座钟,总是在受到打击之时,才释放出自己美丽的心声。那悠扬的声音,一声比一声悦耳,一声比一声从容。

  今天,吴主任、唐医生、付医生还有护士长他们都来看我,给我鼓励。

  唐晓文医生一进门就说:"陈霞,你看今天吴医生、付医生,还有护士长都来看你了,你现在感觉怎么样呀?"她是北方人,身高有一米七,说话时总是

付医生长得好漂亮

笑嘻嘻的,很喜欢开玩笑。付铮铮医生说:"是啊!陈霞,我们听说你是不是要想写书呀?到时候可别把我们忘记了哦!"付医生是苏州人,长得很漂亮,说话时总令人感到她这个人很温柔,一头长发很是飘逸,真让人忌妒。我咯咯地笑,我知道他们见了我就喜欢"臭"我,这是因为他们对我格外"宠爱"的缘故。听到他们这么"臭"我,我就会觉得自己是他们的小辈、小妹妹,有一种融入和睦家庭的亲切感。苏州大学附属第一医院,尤其是血液科,对于我而言,真像一个特具亲和力的大家庭。

　　而我,就像一个被宠惯了的孩子,也好想在吴主任面前"涮涮"他们,也占它一回上风,看你们以后还敢欺负我。于是我就跟吴主任撒娇地说:"吴医生,你看,他们每次来都逗我笑,笑得我的肚子好

和医生在一起

疼，以后头还晕，你是他们的领导，你要好好教育她们呀！"吴主任笑眯眯地对我说："是吗？我看你现在可没有笑，肚子也不疼呀！看你现在的状况真的很好，你叫我怎么罚他们呀？"吴主任替我把全身都检查了一下，情况很好。我装做懊丧地嘟哝了一句："唉！又让她们逃了。"大家哈哈大笑起来。站在一边的朱霞明护士长就说："我就知道陈霞一看见你们就好会发嗲。这丫头，你看她多精！整个就像正常人一样。"

我真希望以后的日子都像今天这样度过，吴主任、唐医生、付医生、护士长，你们真好！等我好了以后，我一定会好好报答你们！我希望你们也要多注意自己的身体，因为你们是世界上最善良的人！

我不会画画。这是我根据想像画的台湾大哥哥,不知道像不像

2001年6月16日

　　亲爱的哥哥,你好吗?身体恢复得怎么样了?伤口还疼吗?此时你是在休息,还是在工作?我好想知道你的一切!我每天都爱不释手地拿着你送我的佛珠,有好几次冲动得厉害,真想立刻把它戴在脖子上。可我没有,我多么希望哥哥能亲手给我戴上。我在等待那一天的到来!

2001年6月17日

　　从移植到今天有四天了,我的精神状况很好,心情也很好。刚才我看了一个电视专题片,讲的是一位解放军战士患了尿毒症,得到了社会上很多好心人的捐款,可是现在能够根治这个病的也只有换肾……看着看着,我的眼泪情不自禁地流了下来。移植以来,我发觉自己变得更容易想到别人,同情别人了。对我来说这是一种进步,很大的进步,甚至可以说是一个飞跃,一次升华,心灵上的飞跃,精神上的升华。

　　其实我跟这位解放军哥哥的情形是一样的,我是得到了台湾哥哥给我的骨髓,所以才有了今天。我从内心深处感谢这位好心的台湾哥哥,他不仅仅是拯救了我的生命,他还拯救了我们一家。也不知道他现在怎么样了,找到工作了没有? 他的伤口好了吗? 我很想知道他现在的一切! 唉,谁能告诉我呢? 我希望他一切顺利! 祝他全家都健康快乐!

2001年6月23日

　　生病以来,我收到过很多的信,可今天的这一封实在是特殊,因为它是从狱中来的。信的内容大意如下:

　　陈霞,你好吗?
　　来信首先希望你能够早日康复!
　　6月13日是所有同胞都在为你而感动、揪心的日子。病床上的你很坚强、美丽、乐观……能在报上看见你坦然的笑容,我为此而高兴。你的健康,你家人的健康,是海峡两岸人民的健康,是志愿者的健

今天这一封实在是特殊,因为它是从狱中来的

康,也是监狱中囚子的健康……

  我为你的坚强而骄傲,更为你所受的痛苦而心疼。你的坚强使你创造了生命的奇迹,这是很值得庆贺的。从报纸上看到二十二岁的你,以前有如此事业之心,我相信等你好了以后,你一定能够更加地出色。而我相对你来说,简直是枉为人生,更谈不上是生活的强者,连一点点的金钱诱惑都抵挡不了,真是又可悲又可怜。不过你放心,我会在你的鼓励下,把刑期当作学期,认真学习知识和各项技能,争取不被这个社会所淘汰,也做一个生活的强者!我也很希望我们能够有机会见面,如果等你好了以后,能够来看我的话。我想从现在开始,我将会用自己的汗水和不懈的努力,获得法律的宽恕,争取在我们相见时用一份减刑裁定书做个见面礼。我也只能如此了,从现在开始,让我们携起手来,度过艰难的时光,迎接美好的未来,一起成为生活的强者、胜利者,好吗?

  夜深了,美丽的女孩,让我们一起为美好的明天干杯!

小泉

陈霞：

你好吗？！

冒昧中冒昧给你去信。请原谅我送到必胜祝福问候。这是因为我得知你不幸的遭遇有些迟，所以才有送到必胜祝福。只从你必遭遇深感不安。这时候我也很想和别人一样能去看望你，但路途4本，只能用这种方式向你所你必家人表示亲切的问候，祝你早日康复。望知你们恩必每一个人都在为你担心忧为你祈祷。

6月15日是所有同胞都必之感动揪心的日子。这因你必手术成功。这一切得感谢所有为你细心医疗必博士护院士。你必不幸确实让人悲痛。这个时候，你虽想去用行动来感谢那一个关必你必人。这并不要紧，密若必是你必幻听，姐姐鼓舞励，不害怕你必有困难有失望更不能悲遣憾。要面对你必不幸，面对自爱必病魔。只要对自己有信念必信仰活到制胜。姐姐必明天在等待着你。

病床上必坚强女孩，一定要坚强。你在报上发表那坦然必笑容，我为此而高兴。你必健康是家人必望，是淘陕西亲人民必健康是怎能有必健康。

小泉来信

2001年6月25日

　　那天收到小泉的信,我很吃惊,并不是因为其他,而是感觉到小泉这个人本质上其实应该是很好的,也许当初他迷失了自我,荒废了自己美丽的青春年华。很可惜!但是我从他的信里,感觉到了深深的忏悔。我猜他写信的时候,心里一定很不好受,他现在一定很希望自己是一个自由的人,那样的话,他就可以和其他的人一样来看望我,还可以去参加北京申奥成功的庆典。他对生活的渴望是很强烈的。我真心希望他能够好好接受改造,正像他自己所说的一样:"用不懈的努力,获得法律的宽恕,争取在我们相见时用一份减刑裁定书做个见面礼。"我好了以后,一定会去看望小泉的。

　　如果我们见面,我特别想对小泉说的是:金钱或许可以买来很多很多的东西,但买不来生命。生命对于每个人都只有一次,我们一定不能浪费生命,不能漠视生命,不能让生命处在黑暗的境地。

2001年7月10

今天,我收到了一封来自苏州市第四人民医院血液科一位病人的信。信是这样写的:

我叫沈新华,张家港人,今年二十岁,目前正在苏州市第四人民医院血液科接受治疗,明天就要住进层流病房作造血干细胞移植的前期准备。大概再过十五天左右,我的造血干细胞将拿到你们医院的冰库进行冷藏,因为我们四院没有这个设备,然后再过十天左右就要正式移植了。

我是去年11月底检查出得了急性淋巴细胞性白血病的,到今天已有二百多天了,坚持到现在也是好不容易的。

我们家在农村,父母是做油漆工的,多年的积蓄被我一个月就花光了,而接下来的医药费都是从亲戚那儿借来的,还有的就是家乡人民的捐款了。其实我得这个病,每个认识我的人都觉得不可思议!你知道为什么吗?因为就在我查出该病前二十天,我已被确定为张家港市人武部送往河南安阳坦克部队的2000年新兵之一。也就是说再过十天,我就是中国人民解放军战士了!可老天偏偏和我过不去,一下子把我从天上摔到了地上,从兵哥哥变成病哥哥。真的是"浇花无意对斜晕,此恨谁知!……"

明天进舱,心里面还有点害怕,因为毕竟是自体移植,有可能以后一辈子要吃药的,不过怕也没有用。

好吧,就写到这儿了!如果你不能回信的话,就打电话给我(13962453906),不过最好是写信啦!拜拜!我相信,我们一定能成为好朋友的。

　　祝
早日康复!
全家幸福!

期待你的来信或电话
沈新华书于床头(勿介意)
2001年7月8日

　　今天能够收到这样的信我很吃惊,一是我们都是白血病人;二是他再过几天也要移植了,我真的为他感到高兴;三是他很愿意和我做朋友,这真的是令我很高兴的事。因为自从我生病后,没有人这样对我说过,所以我想从现在开始,我就会把沈新华当作我最好的朋友(病友)。我就提笔给他回信,但由于我有好长时间没有这样的感觉了,写起信来总觉得有点词不达意,不能很好地表达出我心里的感受,而且寄信也太慢,虽然同在一个城市,今天寄出明天就能到他手里,我仍感到慢。所以,我想还是直接用语言来表达吧。于是,我立刻就给他回了一个电话。从电话里我能听出他是一个很不错的男孩子,他也很坚强!我们聊得很好,都不想挂电话了,但是由于我的嗓子不好,他建议为了不让我的嗓子疲惫,我们还是写信吧。他还说等我嗓子好了以后,我们再聊,天天聊!

　　我祝愿他也能够早日恢复健康!合家欢乐!

2001年7月13

今天对我来说是一个双喜的日子！一是北京申奥成功，二是我移植整整一个月，也就是说移植的健康骨髓真正存活了。今天早晨抽血，抽完后我就再也睡不着觉了。我打开电视，哇！真热闹，所有的新闻都在报道北京申奥成功，大家都在相互拥抱，很多人热泪盈眶，成功了！成功了！我也跟着哭了一上午，把自己移植的成功都给忘记了。

第一轮投票时北京就以44票当选，而我在上学的三年中，学号都是44号，事事如意！更巧合的是，今天也是我移植骨髓成功一个月的日子！

我会好好记住这一天！到了2008年，我一定去北京，为北京加油！

为北京加油

2001年7月15日

今天我收到了小泉写给我的最后一封信,从信中得知他已于6月15日清晨8点准时出狱了。我为他获得自由、获得新生而感到高兴,同时,我也为我对他所做的一切感到一种成功后的满足。从小泉来信的整个内容上看出,他的人生观发生了质的变化。这里不妨摘几段他对我说的心里话——

我结识你是在14大队的时候,在我的后半段改造路上。有幸认识你真好,这是我良知发现后给你去第一封信换回的硕果。在当时的情况下你给我回了厚厚四页纸的信,这让我很感动,我这才知道爱护、关心一个人,可以开阔视野,陶冶情操,提高自身的综合素质。所以我对你心存感激,你的来信也填补我当时空虚的心灵,你是我的一个精神寄托。是你的来信使我实现了心灵深处的升华,同时也找到了自我,找到了回头路。

我有这样的心情,有这么大的理想,但我缺少的是助手,志同道合的助手。我想要弘扬爱心事业,这是一个宏伟的爱心工程。现在社会上一部分人干啥都得讲钱,这些人把中华美德以及良好的传统都忘了,只爱钱,虽然这是社会发展的必然过程,但这是一种不良现象。

认识你,我可以说很高兴,也很自豪,同时,有一种满足和幸福感。平静以后准备学习电脑、外语,

小泉重获新生

我希望小泉重新做人，多学知识

不学习将会被社会淘汰，跟不上时代的发展。

　　夜深了，我也累了，我希望小泉正如他自己所说的那样，重新做人，多学知识。我也愿那些已经走过弯路的人能够像小泉那样，悔过自新，相信人生将是美好的！不是吗？

2001年7月23

哇！今天的心情真的是很 happy！因为过几天我就可以出院了，永远地离开这个令人痛苦的地方了。出院以后，我就可以过正常人的生活了，像以前一样和朋友们一起逛逛街，喝喝咖啡，做我想做的任何事情……真是越想越开心！啊！未来的生活是多么美好！我今天晚上要美美地睡上一大觉。

哇！今天的心情真的是很 happy

2001年7月30日

今天我又收到了沈新华给我写的信,他在信里写道:

陈霞,你好!

首先我要代表我一家人,感谢你这些天来对我的鼓励。没有你的鼓励,我想,我是不可能有如此大的进步的。虽说在没有和你交往之前,我也总是觉得自己做得蛮不错,可现在我才真正地认识到,自己只是做了很少的、必要的、起码的努力,而且还远远不够。不过话又说回来,得这个病的人,实在是很痛苦,要熬过这一关的考验,谈何容易,能够坚持到最后一关的人少之又少!你已成为幸运者,也已成为我们心中的榜样!我深深地祝福你,祝你成为勇者!事到如今,"陈霞"二字不仅仅代表你个人的名字了,她已成为同病魔作斗争的象征!就和我们一想起雷锋,就很自然地想到做好事一样。

这两天心里总是七上八下的(前两天因没能去看望你,而心头不畅)。好想对你说句心里话:"我好希望你快点到来,来了就别走了,这样我们就可以节约很多的话费。(开个玩笑,勿介意,你知道我的本意……)

用今天的痛苦换来明天的幸福,帮我祈祷吧!祝福我能够轻轻松松、快快乐乐度过最为痛苦的时段!

代我向你的父母问好!
　　祝
百事可乐!万事纷达!
Good luck for you!
Keeping touch with each other.
your's 永远的 friend 华

2001年7月31日

啊!医生告诉我马上就可以出院了。太好了!爸爸妈妈,我马上就可以见到你们了!哎呀,我终于熬过去了!这些日子看不见太阳,看不见有生命的东西,呼吸不到大自然的空气,快要把我憋死了。现在可好了,我又可以回到属于我的天地里去了!

我早早就起床了,把东西收拾好,就等着妈妈帮我把出院手续办好,我就可以回"家"了(是我妈妈在苏州租的房子)。

现在都9点了,妈妈怎么还没有来呀,真是急死我了。左等右等,一直等到妈妈打电话来说手续

太好了,可以出院了

已经办好了，就是要晚一会儿出院，好像是要为我举办一个仪式，所以出院时间推迟了些。

　　妈妈比我还兴奋。自从我生病后，我就没有看见爸爸妈妈像今天这样的开心。终于，我听到外面有很多的声音，护士告诉我说："你真了不起！所有的院领导、医护人员都来欢送你出院呢！"两个护士把通向"光明"的门打开了。我赶紧戴好帽子口罩，拉开隔离布，两步就跨到了门口。我一走到门口，就看见好多的人，爸爸妈妈，亲戚朋友，病友，病友的家属，医院的领导，媒体工作人员，还有陪我度过最难熬的日子的医护人员……我的眼睛湿润了。气氛很热烈，许多人在抢着说什么，我的耳朵边最清晰的声音却是几位病人家属的，他们在说："你看这孩子多幸运，要是我的孩子也能像她这样就好了。"

　　当我拐弯走过血液科时，看到我的主治医生吴

和我的床头护士合影

德沛,他还是像以往一样笑眯眯地点着头,再一次举起大拇指,说:"你终于战胜了病魔,好样儿的。"我也举起大拇指说道:"吴主任,非常感谢您给了我第二次生命!从今天开始,我就叫你'吴爸爸'吧!"一旁的人都笑着拍起手来……吴爸爸说:"这是我应尽的责任,其实是你战胜了你自己!回去以后一定要注意多休息,多喝水,千万不能感染,知道吗?"接着又关照我妈妈一定要照看好我,吴爸爸的话语中洋溢着慈爱。我调皮地对着大家笑了笑,挥了挥手离开了医院,离开了吴德沛主任、孙爱宁副主任、唐晓文医生、付铮铮医生、朱霞明护士长……

2001年8月1日

　　昨天出院以后,我就去买了一件新衣服,因为我知道,吴小莉和刘海若姐姐就要从南京赶来看我。喜欢打扮的我当然希望穿得漂亮一点,展示一下我新生后的风采。

　　今天上午8点钟,我就和妈妈从临时住的地方来到医院。在医院门口我看到了曾经多次采访过我的《扬子晚报》记者陈太云、苏州所有媒体的记者,还有很多熟悉的人!大约8点多的时候,她们的车子来了。

　　到了楼上,我一眼就看见了小莉姐姐,她也看

小莉姐姐、海若姐姐来看我

小莉姐姐在为《生命20小时》作宣传

《生命20小时》首发式

两位姐姐在《生命20小时》上签名

到了我,并睁大眼睛对我点点头,问旁边的人:"她就是移植了台湾健康骨髓的陈霞吧?"旁边的人说:"是啊!她就是陈霞,知道你们要来看她,她很早就跟妈妈在这里等你们了。"我当时戴着帽子和口罩,穿了一身白颜色的衣服,看起来跟一个多月前移植时的我一点都不像,因为电视上的我是很胖的,而且很高大,很像北方的女孩。小莉姐姐转过身微笑地说:"哦!你就是陈霞妹妹,身体恢复得还是很好的嘛!可是你很瘦,你还要加油哦!"我歪着头看着小莉姐姐,一个劲儿地点头说:"谢谢姐姐对我的关心!等我好了以后,我会像你一样去帮助更多需要帮助的人。"小莉姐姐说:"好的,我相信你一定会的,姐姐会很支持你的,不过现在你一定要把自己的身体养好再说,好吗?"这时海若姐姐也走过来说:"哦!陈霞妹妹,你好呀!今天能够亲眼看见你,真的很开心。知道吗,在你移植的那一天,我们都在为你加油,跟时间、天气作赛跑,你真的是很幸运!你一定要好好的保持哦!"看到两位姐姐这样关心我,我真的很开心。我跟两位姐姐一起拍了很多照片,她们还给我在《生命20小时》的书上签下了自己的名字,写下了许多祝福的话语。

快中午了,两位姐姐要到上海去转航班。她们在临走时还对我说一定要保重身体,明年去台湾的话,一定要到香港去找她们,她们会带我去看香港的风景!

啊!我太幸运了,但愿那一天能够早点到来。

2001年8月28日

今天我和几个要好的朋友在一起喝茶、打牌、聊天。

她们中好几个已经结婚了,坐在一起谈论家庭的事情,几个还没结婚的就打牌玩。突然有一个朋友的手机响了,是她老公打来的,问她今天要玩到什么时候,要她早一点回家烧饭。旁边有个朋友就揶揄道:"唉,早知道结婚这么不自由,我们都不应该结婚。"打牌的人都笑起来,有人摇头又叹息。我旁边的人问我:"哎,陈霞,现在病好了,想什么时候找朋友? 到时候要不要我们帮你呀?"

随着一阵阵笑声, 我的思想也就不集中了,因为我想到了一个曾经对我很好的男孩子,可以说我们是很有缘分的,虽然现在已经分手了。

1993年我在江苏徐州贾旺上初中,学校里就我一个人是外地来的。我和其他女孩子的打扮很不一样,我喜欢穿男孩子的衣服,留很短的头发,喜欢和男孩子们一起玩。涛就是这群男孩子中很特殊的一个。他高我一届,比我大两岁,常常到我们班来玩,因为他表弟在我们班上。就这样我和他自然而然有些认识了,但和涛真正的认识是后来的事。

有一天,他问我几点钟,那个时候是夏天,穿着短袖,一眼就能看出来我没有戴手表。我随口说了句"神经病",这只是一句口头禅,并没有恶意。但我还是意识到了自己的不礼貌,赶紧向他道了歉。

他却像吃了一惊,那神色分明是:这也值得道歉啊?于是,我一下子对他产生了好感,仿佛真正认识了他。当然那个时候并没有别人所想像的那样,我们都还小,我只是感觉这个哥哥还蛮不错的,至少我是这样想的。

认识涛两年了,但我们真正在一起玩的时间最多也只有一个月。他毕业后就去苏州上学了,有两年我们都没有对方的消息。

直到1996年的暑假,我收到了一封从苏州寄来的信,是涛写给我的,信上说:"我现在很好,就是有些想你,因为你的调皮和可爱,还有你的笑容,就像阳光一样灿烂,在我的心中常常出现。两年了,你过得好吗?过两天我想到你家里去看一看,好吗?"

学生时代的我

几句很简单的话,让我回忆了好长时间。我是一个很重友情的人,很快就给他回了信,说道:"你的来信虽然冒昧了一点,但是我很希望有机会你能够到我家来做客。我现在很好,马上要去湖南上学了。"

我的信发出去二天后,接到了涛打来的电话,他说:"再过半个小时,我就要到你家了。"听到这话,我赶紧打扫了卫生,又去买了些菜,最后,站在门口等他。左等右等,他也没有来,我还以为他在骗我玩呢。算了,他不来我们也要吃饭,我就把饭烧好了。正要准备吃饭,他真的到了。我问他:"你怎么现在才到呀?我还以为你在骗我呢!到了就好,吃饭吧。"其实我这一问是多余的,人家第一次来拜访,不熟悉路,摸上门来需要打听一番,很费时间的。他在我家玩了两天,就回徐州的老家去了。

后来就是电话和书信往来,这一通就是三年。因为我是在湖南上学,他在苏州上学,放假的时候也没有机会在一起玩。从我家到他家还需要十多个小时,所以说我们是五年见了一次面。由于忙着找工作,也就没有再和他联系。他没有了我的地址,也就没有再给我写信。

毕业后,我找了很多工作,总是很不如意,就想到了去徐州,因为我父母以前在那里办过厂,认识的人也比较多,我就和妈妈一起去考察。我当时在徐州的同学、朋友还是挺多的,我就一个个给他们打了电话。朋友、同学都来了,有些朋友突然问我有没有和涛联系。我很纳闷,他们为什么要问我这个呢?

原来,我和涛失去联系以后,他去找了很多同学,问我的电话,可是同学们也不知道。我知道这个

都是要好的同学

情况后,就给他家去了一个电话。从来不在家的他,这天因为要出去办什么事情,回家拿东西,真是没有想到我会给他打电话。我打电话问:"请问涛在家吗?我是他的同学,我叫陈霞。"那一头他突然用地道的北方话说:"你是陈霞?真的是你吗?你在哪里?现在好吗?"他问了我很多事情,我都不知道怎么一一回答他了。我告诉他我现在在徐州,和我妈妈一起来的。他又问在徐州什么地方。我说在贾旺,他不相信,因为他家就在贾旺。我告诉他我们住在星光宾馆。过了十分钟,涛开着摩托车到了宾馆。第一眼看见他的时候,感觉他长大了,有些成熟了,没有改变的是他见了女孩子还是脸红。不多会儿,宾馆门口来了辆红色的轿车,从车上走下一位约有四五十岁的妇女,笑眯眯地向我们走来,经涛介绍才知道原来就是涛的妈妈。一番寒暄之后,他妈妈非要我们去她家做客。我和妈妈不好意思推辞,就"厚着脸皮"去了。

才到门口,就看见他爸爸在忙个不停,搞得我和妈妈都不好意思了。他们家爱种花,爱养小动物,也许是跟他姐姐的店有关系吧。到了中午吃饭的时候,他姐姐从来不回家吃饭的,今天也回来了。他爸爸做了很多好菜,色香味俱全,好像招待贵宾一样。吃饭的时候,他爸爸突然来了一句话:"陈霞,好几年前我就听说你的名字了,那个时候我就把你当作我们家的人了,可是一直都没有看见过你,今天终于看到你了。你是一个不错的孩子哦!"我们在笑声中吃完饭,他家人给我的感觉可用"憨厚"两个字来形容。

晚上妈妈和他家人聊天,我就和涛去散步,谈了很多很多的往事。那时我才发现我对涛的那一份好感又回来了……

后来,我确定在北方创业,并且一呆就是两年。再后来由于爸爸的工厂缺少人手,我就回来了,那已经是2000年4月份的事了。涛也去上海开装潢公司了,我们又是电话来往到2000年6月份。那个时候也许就是我有生病的预兆,和涛提出分手。他叫我先去找一个比他好的,他才会放弃我。就这样又拖了三个月。2000年9月17日,我被确诊为白血病,这使我真正下决心和他分手。我认为这样做是为他好。涛没有说任何的话,他在医院里和我妈妈、舅母一起照顾了我几个月，用去了好几万元的积蓄，公司也没有开成功，每天以泪洗面。他那时整天就是给我祈祷，希望我能够平安。但是想毕竟是想，病是真病，这是谁都没有办法改变的。这期间我们一直没有涉及任何感情的话题。直到我找到了骨髓以后，有一次我们谈到了这个话题，我希望他能够找一个很好很健康的女孩子陪他度过一生，还没有等我说完，涛就对我说："霞，你现在什么都不要说，也不要去想，我一定会陪你走下去，等你好了以后，我们再说好吗？"

也许是迷信吧，我父母找人给我算命，说我和生肖属马的搅在一起不是很好，而涛恰恰就属马！涛显然还想挽救，就瞒着所有的人去了济南，找了一个比较有名气的算命先生，偏偏那先生也是这么说的。回来后涛就离我远了，我知道他是不希望给我带来任何不好的运气。

有一天，他对我说："霞，我最近有很多的事情，暂时不能来陪你，你自己要照顾好自己的身体，有什么事情给我打电话。"我明白他是为我好。

在我移植骨髓后的六十多天里，他给我来过几次电话，电话里也没说其他什么话，就是你要多吃饭呀，要配合好医生呀，难受就多看看电视消磨时间呀……我虽然也知道他是关心我，但是我好像听他说得太多了，再加上心情不是很好，每次他打电话来我都对他发火，叫他以后别再给我打电话了。

我出院以后，涛打过很多次的电话给我，但每次他都是喝酒后给我来的电话。我问他为什么要喝酒了才给我电话，他说："我只有喝了酒才有勇气给你打电话，我很感谢你的坚强，你是我学习的榜样！

所以我现在做每样事情,碰到困难的时候,第一个想到的就是你,陈霞。"我们还谈了很多,他对我说:"我知道你的生命来得很不容易,我不会去勉强你什么。但你要知道,你是我见到过的最好的女孩子。我曾经发誓要好好地保护你一生一世,如果你愿意,我们家的大门是永远为你敞开的。"

听到他的话我好感动!涛是一个很优秀的男孩。但是我想,这样对他也未必很公平,我在生病前就是一个很要强的人,常常挂在嘴边的一句话就是:女人的价值并不仅仅在男人身上,女人有自己独立的地位时,在男人的心中才会发光。我想,现在的我什么都不需要,就是需要一个很好的、健康的身体!也只有这样,才可以去实现我以前所有的梦想!也只有这样,才能体现出我生命的价值!我只想为和我一样遭受不幸的人尽一份力,并为给予我第二次生命的社会多作一点贡献。

也有很多记者和朋友最想知道的,就是我今后能不能结婚、生孩子。呵呵,那我今天就告诉大家,医生说我们移植过骨髓的人,一年以后可以恢复正常人的生活,三年以后可以结婚生孩子。

人活在世界上,每天都在和死亡擦肩而过,所以说我们应该珍惜活着的每一天,每一时,每一分,每一秒!让自己快乐,才能给别人带来快乐!

现在的陈霞和过去的陈霞不是一个人!她现在是社会的孩子!

2001年9月21日

知道小杨珂的事情是在2001年的9月份。

著名导演谢晋的儿子谢衍在国外的媒体上看到有关我的消息后，和他的搭档一起从国外回来，想以台湾同胞把健康骨髓送到大陆的真人真事为题材拍一部电影。那个时候我出院才两个多月，就住在苏州临时的"家"里，等待着医生对我的最后"释放"。那天天气很热，谢导演一行四五人来到我们家。谢导说明了来意，并嘱咐我一定要注意身体，然后送了一本关于杨珂小妹妹的书给我看。看完了《身边的天使》这本书以后，我为杨珂妹妹顽强的精神、乐观的情绪所打动，她聪明、可爱、活泼……为什么老天会对她这样的不公平！杨珂走了，带着灿烂的微笑，带着美好的憧憬，但从更深的意义上说，她的生命还在延续。我们内心充满悲伤和怀念，更多的却是敬意。杨珂，我们永远怀念你，永远不会忘记你。

杨珂在十七岁的花季年龄告别了人世，凡听说过她故事的人都

杨珂妹妹

会为她叹一声:"老天不公!"我也一样。但是,杨珂的生命质量,是很少有人可以比拟的。杨珂确实称得上是个天使! 天使是不死的。

人世间因为有了杨珂天使般的微笑,变得灿烂起来了。

我想起了臧克家先生的这首诗:

有的人活着

他已经死了;

有的人死了

他还活着。

杨珂就是永远活着的一个。因为,她用她十七年的岁月,诠释了生命的全部意义。

我相信,杨珂在向这个世界告别的时候,脸上依旧挂着她特有的微笑,真的是没有什么遗憾地走了。

[背景]在接受骨髓移植手术后的第四百七十六天,在上海瑞金医院的血液科病房内,杨珂静静地走了,她留下了一个心愿:把遗体捐献给医院,用于白血病研究。

1997年12月,正在上海交通大学实验学校初二年级就读的杨珂被确诊患有白血病,但她并未改变乐观开朗的性格。杨珂积极地参加癌症俱乐部等举办的活动,用笑容感染了许许多多陷入消沉的患者。

1999年,在台湾慈济基金会的搜寻下,一位女大学生的白细胞抗原配型和杨珂吻合。1999年4月24日,杨珂接受了骨髓移植。

1999年8月,杨珂出院后,排异反应一直困扰着她,治疗使她毛发增长、肤色黯淡。杨珂以她一贯的微笑面对生活。杨珂曾经对记者说:"有健康就有了一切,我要积极配合医院的治疗,好好报答妈妈,报答给我骨髓的台湾姐姐和所有关心我的人。"

中国社会科学院社会学研究员、最高人民检察院专家咨询委员会委员、中共中央纪律检查委员会特约研究员邵道生同志写了一篇纪念文章《小杨珂,我们永远纪念你!》,他在文中写道:

小杨珂和我生的是同一种病:白血病。

尽管她与病魔顽强地抗争了三年,但是,她仍然走了,而且是真的走了!

说真的,她不该早早地离开我们。

但,病还是病,而且还是那可怕的白血病。的确,当科学还没有发展到破译这类病的人体基因密码时,我们只能眼睁睁地看着它肆无忌惮地肆虐。

这就是人们常说的"命"。

我不是说小杨珂的命不好,而是说,命运对她是多么的不公啊!多么好的一个小姑娘,多么天真、活泼、纯真的一个小天使啊!她才度过了十七个春秋啊!

不过,正像一个哲人所说的那样:"人生的长短不是以时间衡量的,而是以思想和行为去衡量。"尽管小杨珂的生命短了一点,但是,她的生命是不平凡的,她的生命是有价值的,她的生命意义并不是这个短暂的十七年能够说明的。

都清楚地知道自己得了什么样性质的白血病,都知道得了这个病的后果是什么,因此有很多的病人首先不是被病打垮了,而是被自己的精神弄垮了。但是,我们的小杨珂呢?没有掉泪,没有颓丧,没有萎靡不振,仍然像没有病时一样,始终是在微笑,用微笑来面对生活,用微笑来面对可怕的白血病,而且笑得仍然是那么可爱,仍然是那么甜,仍然那么的灿烂,真的不容易啊!这是什么?这就是小杨珂对生活的态度。她真正做到了像鲁迅先生所说的那样"用笑脸来迎接悲惨的厄运,用百倍的勇气来应付一切不幸"。

对小杨珂来说,她面对的不仅仅是普通的化疗,而是一个二十倍于普通放、化疗剂量的骨髓移植,遭受的罪是可想而知的。呕吐、疼痛、脱发、失眠是生理上的痛苦,更有不能上学只能躺在床上的心理上的痛苦……若是没有坚强的毅力,没有顽强的意志,很难过得了这一关。但是,她闯过了这一关。连医生都说:"这么乐观坚强的病人,我们还是第一次遇到。"这就是杨珂,一个未满十八岁的姑娘的意志品质。"毅力"这两个字,不仅挂在她的书桌前,而且挂在了她的身上、心上……她顽强的意志感动了医生,感动了病人,感动了老师,感动了同学们,感动了所有来看望她的人。世界著名免疫学家、台湾慈济骨髓中心的李政道博士都说:"这位小朋友了不起!"

她虽然只有花季般的年龄,但是,她对人生的理解,对生命意义的理解远远超过我。她生前就立下遗嘱,捐赠自己的遗体供医学院进行病理研究,像她这样的年龄在全国还属首例。谁也没有教她这么做,谁也没有让她这么做,但是,她就是这样做了,为的是什么?就是为了更好地去医治其他白血病人,这就是一位普通姑娘的心愿。一种多么高尚的精神境界啊!一颗多么纯洁的心灵啊!

她得的白血病是"富贵病",没有"丰厚的家底"是治不了这个病的。可以这么说,就治病需要金钱的程度来说,谁都没有她那样需要,谁都没有她那样急迫。但是,当她在一台晚会上收到明星们捐赠给她的一万元治病款时,她立即将这笔捐款转赠给上海癌症俱乐部,而深受感动的癌症俱乐部又将这一万元再转赠给十位小朋友,在上海引发了一场爱心传递的动人故事……捐赠遗体、转赠捐款的事都不大,都很平凡,但是反过来想一想,这些小事若是没有高尚的精神境界能做得出来吗?为什么小杨珂"走"了,人们还在想她,纪念她,其原因就在我们的小天使有着一颗金子般的心。

的确,当一个人离开她生存的世界以后,还有那么多人在想她,纪念她,这本身就是人生的成功,就是人生的意义。

小杨珂,我们永远纪念你!

2001年10月1日

今天是中秋节,也是我在新生命里过的第一个有意义的节日。

今天在苏州工业园区的金鸡湖畔将要举行一个"中华团圆月"的大型活动。这是由四家大的媒体(台湾东森电视台、香港凤凰卫视、江苏卫视、苏州广电总台)联手直播的一台晚会。晚会上还展出一个重达五吨多的打破吉尼斯记录的月饼。主办单位邀请我们一家人,还有我的主治医生吴德沛一起去参加这个活动。本来他们是准备促成我与台湾捐献骨髓给我的哥哥对上话的,但是由于种种原因,没有能够如愿。不过我还是和李政道爷爷通了话,能够再一次看到慈祥的爷爷,我很激动,爷爷也很希望我明年能够去台湾和大哥哥见面。我知道台湾的那位哥哥现在一定坐在电视机前看着我,听我跟他说话,我希望哥哥全家人身体健康、合家欢乐!专门负责采访我们的是我非常喜欢的香港、台湾著名主持人窦文涛与王佳婉。

从我出院到现在还没有出过这么远的门,今天是第一次。为我的身体着想,大家都劝我早些回家,我依依不舍地离开了晚会的现场,回家看电视去了。但是,我的心还留在现场,还在享受着中华大家庭团圆的欢乐……

今晚的月亮真圆……

"中华团圆月"晚会现场

2001年10月4日

所有的开心和激动都在今天得到了集中的释放。与病魔斗争了一年多的我,今天终于可以回家了!上一次来苏州移植,我是在5月23日出发的,离开家有一百多天的我,今天终于解脱了。也不知道家里现在怎么样了?工厂运转还好吗?家里好久没有人打扫,是不是乱七八糟的?以前在家的时候,这些打扫卫生的事情都是我一个人包办的,也不知道我回家以后还能不能再干那些活。哎,我应该感到很高兴,因为我战胜了病魔,超越了死亡!我以后还可以跟从前一样的呀!可我为什么还要这样胡思

回家的感觉真好

乱想呢?

我正在想着,妈妈说:"你看,红十字会的领导、苏大附一院的领导,还有广播电视报、苏州有线电视台的记者都来了,你呀,今天应该是很开心的哦!这么多关心你的人都来送你回家!"我们租住的是二楼,听妈妈这么一说,我赶紧走向客厅趴到窗口往外看。看着他们向我们的住处走来,心里真的有一种说不出的激动,眼泪又不争气地流了下来。

为了这一天,我们全家人苦苦等了一年多呀,我能不兴奋吗? 当初我们来看病时,父母整天愁容满面,忧心忡忡,现在的心情则像喜从天降。想想我们的医学是多么先进,一个快要死亡的人,移植别人的健康骨髓就又可以存活,而且短短的几个月我又可以坐在这里谈笑风生……真的是不可思议呀!看着妈妈忙来忙去的,我的眼泪再一次流了下来。

这么多关心我的人来欢送我回家,我真的好高兴

家乡的父老乡亲迎接我回家

到家了

我好想扑在妈妈的怀里大哭一场,说一声:"妈妈,您和爸爸都太伟大了,我以后再也不愿意离开你们半步。"

  前来送行的人帮我们把东西都拿了下去。我的眼睛在不停地搜寻着,我在搜寻一个特别的人,他就是我的主治医生吴德沛,在治疗的时候我都称他"吴医生",在我最难受的时候称呼他"吴叔叔",在我出院的时候我就开始称呼他"吴爸爸"。他总是给我很多无微不至的关心,他就像我爸爸一样的亲切、温和……

  当我们的车子快要到我们村口的时候,就听到阵阵的锣鼓声,还看见好多人站在那里等待着我们的到来。家越来越近了,我看见长长的路上站满了我的父老乡亲,我的鼻子一酸,眼泪滑了下来……

  车子停了下来,我是第一个从车上走下来的,"哗"的一下我就被大家围住了。我看见厂里的很多工人,很多熟悉的邻居,还看见很多陌生的人,起码有上千人围着我。在人群里我妈妈的好姐妹对着我大声叫道:"孩子,你终于回来了,大妈想死你了,

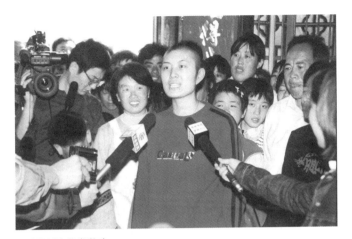

此时此刻我非常激动

今天能够看见你回家,大妈真的是打心眼里为你高兴呀!"又有很多人在跟我说:"陈霞,这下子你可以活到一百二十岁了!大难不死必有后福……"我的耳朵什么都听不见了,就听见"嗡嗡"的声音。

门口的人更多,有市里的领导、记者、村干部、父母的朋友,还有很多村民和陌生人……我看见我家后面的大马路上挂了一条横幅:"欢迎江苏'幸子'回家!感谢各界人士对陈霞的关心与厚爱!"我感觉自己好像是在做梦哦!

转弯向南就是我家的大门,门口放着好多的花篮,我家大门上的横幅写着:"情深似海",左右两边写的是:"海峡两岸骨髓系桥梁,炎黄子孙情感是基础。"

是呀!我现在最要感谢的人应该是台湾的那位哥哥,是他捐献的骨髓拯救了我的生命,是他给予了我一切,明年我一定要到台湾去感谢哥哥。

记者都围上来了,纷纷问我:

"陈霞,你此时此刻有什么想法?"
"回到家你是怎样的感觉?"
"好了以后你想从事什么样的工作?"
……

我站在门口笑着说:"此时此刻我非常激动,回家的感觉真好,从我移植骨髓的那天起我就想好了,以后我会从事爱心事业的。"一旁的人都鼓起掌来。

我是一个平凡的人,却经历了一件不平凡的事,让我和我的家人,还有其他相识和不相识的人,从中学到很多的东西,那就是乐观和坚强。

2001年10月6日

今天我很早就起床了,因为妈妈讲外婆今天要来看我。我的心情比较激动,心里有很多说不出的感动!外婆今年都六十七岁了,让她再操心,我感到过意不去。想着想着,我的眼睛模糊了,脑海里也就浮现出外婆慈祥的样子。

在我的印象中,外婆是一位整日埋头干活、勤劳朴实的农家妇女,也是一位很爱护子女的老人。外婆真的很伟大,她那瘦小的身材,才一米五的个头,却抚养大了八个孩子,每天起早摸黑忙着家里的农活。如今她的五个孩子都成家立业了,我的姨妈和二姨的家庭都很美满幸福,我大舅办厂,小舅在上海开装潢公司,他们也过着富裕的日子,我们家有公司有工厂。可以说她老人家应该到了享福的时候了,可外婆和外公还在不停地辛勤劳动,他们所想的可能是要为子女们多留下些什么。小舅家在上海,多次想把从未出过远门的外公、外婆带去享受晚年幸福的

和小舅妈在上海

我爱您,外婆

生活,可是,他们就是闲不住,很固执地留在他们养育五个孩子长大的地方生活。

自从他们知道我生病的消息后,外公、外婆就像变了个人似的,尤其是外婆,整天哭哭啼啼,吃饭都吃不下,无论走到哪儿都念叨着我,对别人说,我这个"乖乖肉"是多么听话、懂事的孩子……

我妈妈生下我六个月就把我交给外婆抚养,一直到十二岁那年我才离开外婆,我对外婆的感情很深。听说外婆整日牵挂着我,我心里很着急,我不希望让她为了我担忧,再说他们也一大把年纪了,我只希望他们不要对我有任何的牵挂。我时常钻在被窝里流着眼泪,想着外婆为我忧愁的样子,我的心都碎了。外婆您那么坚强,您在八岁的时候父母就去世了,您还要带着六岁的舅姥姥,四岁的姨奶奶,您竟然也挺了过来。您含辛茹苦,供舅姥姥上了大学,您真的是太伟大了,您在我心中是一位很坚强的老人,您所付出的一切是一般女性难以做到的。您千万不要为了我而急坏了身子,我说过我以后还要孝顺您呢,我更不会轻易放弃我的生命的!还记得我很小的时候,那年的冬天,我很想吃烤山芋,可那时候怎么会有山芋呢?外婆您走了三个多小时的路程终于找到了卖山芋的地方……还有一次我问您要钱买东西,却说是学校要交什么费用,当时外公在外面捕鱼卖了钱刚回家,您"骗"外公说家里没有油了,要钱去买油……很多的记忆都油然而生。外婆,我感到很对不起您!我不懂事撒过谎。在此,我第一次向您道歉!外婆,我很想告诉您,如果没有您的鼓励,我今天也许很难回到这个家。不过所有的痛苦都应该过去了,我是幸福的!我有一个

外婆家的羊真肥

好爸爸、好妈妈,有一个爱我的大家庭,更有一个最亲最爱我的人,那就是您呀,外婆!

千言万语抵不过一句话:"我爱您,外婆!"

2001年11月12日

今天我收到了沈新华的来信,我很高兴。可是当我看到信的内容时,却流泪了。他是这样写的:

远方的霞:

展信好! 收到你的来信已一个多星期了,请原谅未能及时给你回信。

每次你都在信中给我鼓励,真的很谢谢你! 相反,我却每次给你带来坏消息。

我自从做完化疗后,就一直处于虚弱状态,白细胞下降到400,血小板降至1000,血色素也降至6克,医生说情况很危险,必须住院治疗。我没有去住院,就在乡镇医院挂了些止血敏,现在还行,可以独自行走,但不容乐观,尚可欣慰的是没有发烧!

其实我每次给你写信,都不愿意告诉你我的情况,可我还是写了,也不知why。你听说过鱼鸟之恋的童话吗?——虽然鱼无法离开水而同鸟一起去飞翔,但鸟飞过的影子是鱼活下去的理由。鱼希望鸟能展翅飞翔,越飞越高,只要鸟还记得在静静的湖底有一条濒死之鱼在为它祝福。鱼希望鸟能再从湖面飞过,或作短暂的停留。鱼会在湖底睁大眼睛,流下眼泪,而鸟或许永远都不会知道。

我觉得这是一个凄美的童话故事。好了,不多发表言论了,也许你正为你的前途、事业而忙碌,那也好。我就不多打搅了。我会永远都支持你的,无论

鱼鸟之恋是一个凄美的童话故事

在哪里。

　　好了！身体欠佳,不再多写,此情无计可除,才下眉头,却上心头。

　　祝
永远都快乐!

想你的华

2001 年 11 月 6 日书于家

　　看到这里我很难受！因为他是我最好的病友,我们是在对方最难受最痛苦的那段日子里相互鼓励、相互加油的,如今我移植成功了,而他却复发了。看到他的信我真的很难受,我也不知道自己能够帮助他什么,我希望他能够再次克服困难,与病魔抗争到底。亲爱的阿华,我希望你一定要好好地坚持下去,因为有很多的人都在为你担忧,也在为你祝福祈祷,你一定要挺过去!好吗?答应我。我永远是你最好的朋友。

飘雨时分

相识是偶然,也是缘分。

缘分,是个抽象的概念,它摸不着,看不见,猜不透。人与人之间的相知相识,无不是因为他们之间的那一份缘。更或许,同舟共渡的船客能共舟也是一份缘。刻意追求来的东西是无缘分可言的。追寻的东西,往往没结果。如旅游,在来回途中的乐趣,往往比在目的地收获得要多。

与自己失之交臂的东西,急需时倾尽全力地去找也找不到,最后却发现原来它一直在自己的身边,只是找到时,自己却不再需要它,那时有缘无分。无缘分的我们不必强求,有缘无分的我们也不该挽留,这些东西是无法永远掌握在自己手中的,那么便让它们随风而逝吧。一切顺其自然,免得苦苦追寻的那一份缘,到手后,却发现跟自己心目中的相差甚远,想放弃,又舍不得,弄得前进的脚步竟全是缘分的负荷。

人都说:缘分天定。很多的偶然,每次的巧合,不经意的邂逅,让人感觉到冥冥中确实有一股力量存在。

"嘿,又见面了。"

"这世界真小。"

"我们真有缘!"

"莫非这是缘分?"

当上帝看到这一切时,他偷偷地笑了。威力无穷的魔棒指挥着这一切,给人们的脸上带来无穷的惊喜,还有心底的那份感激。

不要说自己不懂缘分,缘分是抓不住的。抓,已经有了一份刻意,只能用心去领会,感悟。缘分来去匆匆,你感到它来时,那是一阵惊喜;它走了,你才感到那是一种惆怅和悲伤。有些逝去了便不会再来,你只能遗憾一辈子。记住:缘分是一种自然,不是刻意。

缘分无需等待。她要来的时候自然会来,因此不必对缘分翘首以待,望穿秋水。只要用心去感觉,那已经是很不错的了。缘分无规律,苦苦地等待着一份缘,很可能会是等不到。苦苦等待,那是刻意,那时即使缘分擦身而过,你也感觉不到。与其如此,不如放弃等待,多用心去体会,或者,缘分已来到了你的身边呢?

相信缘分的人都是敏感的,感情细腻而且很有爱心。他们知道,每一份缘都是难得的,求不来的,所以会尽力善待缘分带来的一切,包括好的和不够理想的。你信缘吗?你会惜缘吗?

信缘、惜缘吧,你会因此拥用许多知心朋友和快乐的人生!

——摘自网站

2001年12月13日

　　这几天我非常难受,我真的不敢相信沈新华会离我而去。

　　我是在前两天知道他的事的。那天我在泰州,因为身体不是很好,所以就去人民医院挂了几瓶水。吃午饭的时候,妈妈打来电话,告诉我沈新华去世了。我脑子里顿时一片乱哄哄的,不知道在想些什么,只是感到无法接受。后来,我在饭桌上就忍不住流泪了,一起吃饭的朋友都以为我出事了,忙问我怎么了。我说我挺好的,可是我最好的一位病友去世了!我把我和沈新华的故事讲给他们听,他们也都哭了。

　　我们决定一起去阿华家看看他。

2001年12月25日

[背景]为陈霞捐献骨髓的台湾青年姓郑,今年二十六岁,家住台湾,目前失业在家。

在每一次求职过程中,他都如实告诉公司,自己有可能需要请假,捐献骨髓,因此,他丧失了多次再就业的机会。

这次为了给陈霞捐髓,他再度推迟了寻找工作的时间,进行了半个多月的休养生息。

他身高一米七十,体重七十二公斤,会讲流利的普通话。这是命运之神为陈霞选中的一位哥哥。

他是由于一个偶然的机会成为捐髓志愿者的。

两年前的一天,也是初夏时节,慈济基金会正在一家百货公司举办宣传活动。他匆匆走过,并没有特别留意。当他再次路过那个地方,发现慈济的会员们还在宣传,一行大标语"世界或许只有你可以救他"牢牢吸引了他。渐渐地,他被一种爱心和奉献的精神深深感动,就登了记,并于1999年7月25日主动参加了验血。此后,他还经常在互联网上留心慈济骨髓捐赠中心发布的配对信息,随时准备与一名素不相识的人签下生命的约定。

今年3月,这份生命的约定开始兑现了。在慈济骨髓捐赠中心为陈霞进行血型配对搜索时,很快就发现他与陈霞的HLA相符,并且有六个相合位点,是骨髓移植的理想人选。

母亲心疼儿子,曾经多次阻止。而他觉得,自己只是献出一点骨髓,却可以延长别人几十年的生命,是一桩大大的善事。于是,他反复做母亲的工作,多次对她说:"妈妈,你一定要答应我,可能全世界只有我才能救她。"

儿子善良的心灵和勇敢的品格感动了父亲,他说:"你已经二十多岁了,可以做你想做的事了。"

5月18日,他在台湾南海捐血室里抽了500毫升的血,以便在抽髓手术时备用。

6月12下午是郑姓青年去花莲为陈霞捐髓的日子,这是一家人的大事。善良的母亲恳求乘客让位。航空公司职员知情后随即向乘客广播,松山候机厅一片寂静,乘客纷纷含泪答应了他们的请求。

背对摄影机,郑姓青年道出了他的美好祝福:"只想讲一句真心的话,就是希望陈霞能早日康复……"

这篇报道我不仅是抄在了日记里,更是烙在了自己心上。

哥哥,我真的很感谢您给了我第二次生命!更感谢叔叔阿姨给了我这么好的一位哥哥!去年的中秋节本来是说好我可以和哥哥对话的,但是由于种种原因没有能够成功。今年的6月13日是我新生命的生日,由于我不能够去台湾感谢哥哥,我特别想请哥哥到我们这里来参加我的生日,可是又是由于很多的原因没有能够完成。本来是说好我今年要去台湾感谢所有的慈善人还有哥哥您,可是又是什么国际惯例说每年的5月份才有一个相见日,而我又是6月13日移植的,就必须等到明年才可以去和哥哥相见。我真的很希望那一天能够赶快到来!

哥哥的家在祖国宝岛台湾

哥哥,您送我的佛珠我还没有戴呢,我希望到时候您能够亲手为我戴上,好吗?

2002年2月5日

　　上午,科健公司在南京召开新闻发布会,宣布我正式成为科健 K100 手机形象代言人。科健公司赠与我入围费人民币一万元整,还有一部 K100 白色手机。

　　我将其中的五千元捐赠给了中华骨髓库,另一半捐赠给苏州大学附属第一医院血液科。

2002年2月23日

我有两个生日：一是母亲生我的那一天，1980年1月12日；二是我新生命的生日，2001年6月13日。

1980年1月12日晚上7点多钟，我出生在一个很普通很贫穷的家庭。小的时候，我就注定要比别的孩子吃更多的苦，因为我们家很穷。生下我不到一个月，妈妈就挑着担子下地干活了，一个篮子里放着我，一个篮子放捡来的柴草。我不知道那种日子父母是怎么熬过来的。

妈妈生下我六个月就把我送到外婆家，一送就是十二年。初中是和爸爸妈妈在一起的，然后又是我一个人在外面上学。虽然在很长一段时间里我没

在外婆家一呆就是十二年

有和父母在一起，但我知道爸爸妈妈是爱我的，他们是为了让这个家过得更好，才硬着心肠离开我，我很敬爱他们。

我很小的时候，就幻想自己长大以后要为社会做些什么，我要把家乡的马路铺好，我还要建希望小学，还要建养老院……1999年毕业后，我就去上海找工作，又独自一人跑到江苏徐州开了几个店。那时我妈妈一个人在广州开工厂，爸爸在家里也搞了几个工厂，家里的条件逐渐好了起来。但是再好也不如一家人在一起好呀。为了能让一家人团聚，我放弃了徐州，也把妈妈劝了回来，我想只要我们一家人能够在一起应该比什么都好。

回来后在父母的支持下，我办了一个外贸出口猪鬃刷子厂。可意想不到的事情却发生了。正当家里帮我盖厂房时，我被查出得了白血病。是不带双引号的白血病！是名副其实的白血病！

经过重重困难，我还是生存了下来。从2001年6月13日21点50分台湾哥哥的骨髓顺着透明的输导管缓缓滴入我体内的那一刻起，我就不仅仅是属于父母和我个人了，我是属于社会的，注定要走上奉献爱心的这一条路！

2002年3月1日

[背景]2002年2月25日傍晚,陈霞从苏州带着鲜花赶到徐州矿务局医院,看望一位素不相识的小白血病人——徐矿集团义安矿校六年级学生郭廓。当两位姐妹双双拥抱的那一刻,在场的人们无不为这爱心的碰撞而动容。在场的还有一位很特别的人,他就是广州中华骨髓库的"爱心大使"刘忠祥。他们一起向小郭廓送来了真挚的关怀。

2002年2月26日早晨,"爱心大使"陈霞和刘忠祥,一起去了徐矿集团义安矿校。在"献出一份爱心,托起一轮太阳,为郭廓同学捐款仪式"上,在《爱的奉献》歌曲声中,义安矿领导、义安矿校的师生将

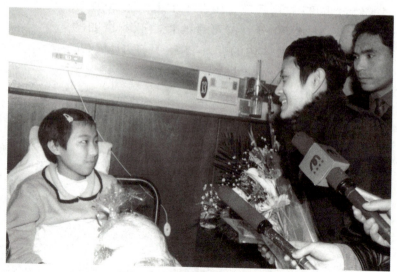

我希望小郭廓走出阴影,早日康复

捐款投进盛满爱心的捐款箱,两位"爱心大使"也捐献了自己的一片爱心。看到这感人的捐款场面,郭廓的父母流下了激动的眼泪,郭廓的七十多岁的爷爷也禁不住老泪纵横,连声说道:"好人啊! 好人啊! 郭廓有今天是她的福分呀!"……

2002年2月27日凌晨1时,陈霞因为一路的疲劳,有些不舒服在医院挂水。下午两点,陈霞又接受了徐州有线电视台的专题采访,然后又去向小郭廓告别。

2002年2月28日早晨8点,陈霞的身体已经有所恢复,她与苏州的记者一同前往苏州,又去进行她的下一次爱心活动。

现在郭廓的情况还比较稳定。前一段时间,郭廓小妹妹在徐州进行治疗时复发了,后来就到苏州进行治疗,现在病情完全缓解了。我希望郭廓妹妹能够早日配到相符的骨髓,我永远为她祝福,并和她一起等待着幸运降临。

2002年3月3日

荣誉证书

本着热心公益、彰显爱心的电视理念,苏州电视二台12频道社会经济频道(12CH)全力打造爱心频道。

现特聘陈霞为苏州电视台12频道及栏目"爱心大使",并担任"润平热线·志愿者服务队"荣誉队员,参与频道及栏目的社会公益活动。

能够成为苏州电视台二套社会经济频道12频道"爱心大使",并担任"润平热线·志愿者服务队"荣誉队员,参与频道及栏目的社会公益活动,我感到很高兴,因为当初第一个报道我的电视媒体就是这个台。

我成为了"爱心大使"

在公益广告牌前留个影

红十字在我心中至高无上

2002年3月17日

　　2002年3月17日,陈霞去张家港完成她的一个心愿。

　　她的病友沈新华不幸在2001年12月10日去世了,陈霞跟他是很要好的朋友。他们在自己痛苦的时候总是不停地相互鼓励对方,但是他很不幸地走了。他曾经跟陈霞约定,如果他们中间哪一个先不在了,那他(她)的父母就交给另一方。陈霞为了完成他们的约定,从姜堰赶到苏州去给他的父母拜年,认他的父母为自己的干爸干妈……

——陈霞爱心网站

　　今天,我跟朋友们来到了张家港泗港镇阿华的家。我们买了很大一束黄菊花,来悼念阿华。

　　当我们的车子停在他家门口的时候,阿华的爸爸正好从旁边经过,我没能控制住自己的情绪,一下子扑到他爸爸的怀中放声大哭起来。

　　自从阿华得了白血病以来,他们家可以说是度日如年,直到现在还欠着十几万元的债。但阿华的父母很坚强,为了还债,他们办起了一个垃圾废品收购站。他们还想把债还掉以后,再去为社会奉献爱心,他们想让更多可怜的孩子能够得到温暖!我相信在不久的将来,会有很多的孩子能得到阿华父母的帮助,更相信阿华在九泉之下能够安息,因为这也是他的希望。

给弟弟沈新华扫墓

2002年5月8日

5月4日，我入选姜堰市"华佗杯"新人新事。

5月8日，我又被泰州市聘为"红十字会形象大使"。

能够成为姜堰市第五届"华佗杯"新人新事当选者和泰州市"红十字会形象大使"，我感到很荣幸。感谢泰州市人民政府，泰州市民政局，泰州市红十字会，以及姜堰市人民政府。我谢谢家乡人民对我的关心与厚爱！我想我会好好努力的，不辜负所有的人对我的期望！

陪妈妈献血

2002年5月10日

亲爱的海若姐姐：你好！

你还记得我吗？我是《生命20小时》中的陈霞，你的不幸我是从网上得知的，我很难受，我一直呆呆地坐在电脑前，回想姐姐以前的样子，我的眼睛渐渐地模糊起来，思绪又回到了从前……

去年6月13日两岸三地全程直播时，我第一次见到你。你知道吗？你给我的印象非常深刻！你的语言非常朴实贴切，生动流畅。我第二次看见你的时候，是在去年的8月1日，你和小莉姐姐一起在南京签名售书。后来你们又到苏州来看望我，我好感动！你总是面带笑容，目光温和，谈吐自若，更重要的是你很有爱心，你不仅人美，你的心更美！你的不幸让所有认识你的人都感到难受，更让我忧心忡忡。我们都很希望你能够平安渡过这一关。吉人天相，奇迹会出现

海若姐姐给我的印象非常深刻

的！不信你就感受一下吧，世界是多么美好，生活的音乐如此动听，你一定能够体会出那一片片深情。去年我最难受的日子，你陪我度过，现在我还有我的一家人都在深深地为你祈祷，为你祝福！你一定要坚强！好吗？

  姐姐，我会把我的幸运带给你的。你一定要坚持，努力再努力，你会成功的，因为我们所有的人都在默默地为你加油！这是为海若姐姐祈祷的e-mail地址:hairuo@phoenixtv.com.cn。

2002年5月15日

  海若姐姐:你好！

  看到你一天比一天好转，我真的很开心，我知道你会没有事的。在我最危险最难受的那一段日子里，是你和小莉姐姐还有所有媒体让我有了新的生命！我很佩服你，你聪明，漂亮，善解人意。我相信奇迹会出现的。我的新生命的第一个生日在6月13日，这个日子就要到了，你曾经说过会为我庆祝的。我衷心地希望你能够快快地好起来，我等待着你的好消息！

  亲爱的海若姐姐，我们都爱着你！加油！

  致

礼

xia@chenxia.net

2002年5月17日

亲爱的佳婉姐姐：

你好！

你还记得我吗？去年的6月13日我骨髓移植的那一天，虽然那天你在外面，我们没有能够见上面，但后来在苏州举行的"中华团圆月"活动上我们总算见着了。你长得好漂亮。

我有一件事想跟姐姐商量。今年的6月13日，是我的再生之日，我想那一天在苏州举行一个生日party，并且想邀请姐姐来参加。我本来还想把台湾的哥哥请到大陆来的，可是他怕媒体公开他，所以

佳婉姐姐好漂亮

他就不过来了。李政道爷爷在这个月的20号左右就要来苏州，还不知道能不能赶上。我还邀请了陆道培爷爷，还有一些知名人士。

我出院快一年了，停止用药已有八个月，身体一直都很好。我办了一个"陈霞爱心网"，想借此帮助那些需要帮助的人。我们江苏省一共十多个市，我已经去了八个，帮助了几十位白血病人，共募集到捐款四十多万（我出去所有的费用都是父母支持的）。我发现需要帮助的人真的是太多了，靠我一个人的力量是不行的，所以我现在还在筹办一个"陈霞慈善会"，也很想在生日那天公开。

我想和家人在明年的5月份去台湾，感谢捐献骨髓给我的哥哥以及所有的慈善人，还有你们电视台所有的工作人员。

不胜感激！

盼复！

致

礼！

陈霞

2002 年 5 月 20 日

　　第一次看见李政道博士的时候,是在 2001 年 5 月。那天我由于刚做了胸骨穿刺,精神有些不集中,跟李爷爷是在迷迷糊糊之中分手的,直到今天我才真真切切地看见了李爷爷和李奶奶。听李爷爷说,他们已经好几个月没有回台湾了,一直在外面开会,刚刚从加拿大到美国,随后又赶到了苏州。看得出来李爷爷他们都很疲惫,但是他们给人的感觉精神非常好,总是慈眉善目的。

李政道博士慈祥得像邻居家的老伯伯

中午我们在一起吃了午饭,吃饭的时候他还唱英文歌给我们听。他给人的感觉,就像是邻居家的老伯伯一样的可亲!

我跟李爷爷说,我想办一个"陈霞慈善会",想请他做名誉会长。李爷爷一边拉着我的手,一边用惊异的眼光看着我说:"我可以吗?我能胜任这个职务吗?"我激动得不知道说什么好,只是看着他一个劲地傻笑,说:"爷爷,您为社会作了很多的贡献,拯救了这么多的白血病人,您都不能胜任这个职务,那还有谁能呢?"爷爷笑笑,点了点头。

2002 年 5 月 24 日

我有一个新哥哥，他也是第一个报道我的人——《苏州广播电视报》的记者朱宪。

2001年5月的一天上午，我正在做全身检查，为进入层流病房进行骨髓移植做前期准备。大约在上午9点，哥哥他打了一个电话给我，问我现在在什么地方，他想过来看看我。我们约好在医院门口见面。

约好的时间到了，我在医院门口等待着从未谋面的哥哥。突然我看见一个二十六七岁手捧鲜花的人，他戴着眼镜，个子并不是很高，一米七左右吧。他朝我笑笑，我猜想他一定就是朱宪了，我也向他摆了摆手，问道："您就是《苏州广播电视报》的记者哥哥吧？"我这个人见了比我年纪大一点的就叫"哥哥"或"姐姐"，习惯了。他一见我很热情，也很调皮地说："是的，我就是……哥哥。"然后他就把一大束康乃馨送给了我，说："祝小妹早日康复！"我心里真的很高兴，因为我没有想到的是，在我生命还不知道有没有依托的时候，就有人给我送来如此吉祥的话语！他又是第一个"外"人，而且是代表媒体来关注我的，怎不让我感动！

在此之后，朱宪哥哥一直关心着我，关注着我的病情。在去年的10月4日，也就是我康复回家的日子，朱宪哥哥也随同医院的领导、红十字会的领导，还有一些媒体的记者一起送我回家。因为每次

朱宪哥哥总是笑嘻嘻的

见面都很匆忙,没有跟哥哥好好地聊聊天。印象中哥哥很幽默,对人也很和气,总是笑嘻嘻的。

最近我要过生日了(新生命诞生的日子),《苏州广播电视报》主动提出由他们来操办,因为他们是第一个报道我的媒体,所以我认为这也是一件圆满的事情吧。

2002 年 5 月 29 日

我真的不敢去想像,今天的那两个小时我是怎么过的。

今天是星期三,上个星期四我在这里做了骨髓穿刺,还有全身的检查,就是没有做人体免疫全套,因为只有星期一和星期三才可以做,所以我今天赶了过来。到了门诊二楼,因为护士不知道血液科需要什么样的血检查,就打电话到 12 病区去问。我听到了不好的消息,是唐晓文医生接的电话,她告诉我,我的一切都很好,可是原始细胞高了一点点,也就是说我有可能复发了……我当时头就胀了,都不知道什么事情了,只是想到我还有很多的事还没来得及去做,我还没来得及孝顺父母,我还没有见到捐献骨髓给我的台湾哥哥,还没有去感谢所有支持过、帮助过、爱护过、关注过我的人,还有我想去办的基金会……可是命运却对我这么不公平!我心里难受极了!父母他们怎么办?他们能够接受吗?我真的是不敢去想像……我只能希望是医生检查错了,甚至是跟我开玩笑!

我惶惶悚悚地把血抽好,首先就去骨髓穿刺大楼找贡静霞医生。她是骨髓穿刺科的老师,所有的骨髓穿刺都是由她做的。她人很好,很善良,当然也因为她很漂亮,长得像外国人,所以我就更喜欢她了。平时他们都很爱跟我开玩笑的,可是今天,他们为什么都不跟我说笑呢?是不是真有不好的消息要告诉我？不要去多想，要在这个时候把自己的心态调整好，也许是虚惊一场呢？我不停地安慰自己，其实我心里比谁都清楚，一旦复发，也许这一次我就真的没有那么幸运了……

我离开了贡老师，到血液科找吴德沛主任去了，因为我真的很想知道我是不是……

到了楼上我看到许多人，也有人与我打招呼，我是一脸的苦笑，但还是不停地点头答应。然后我就一直坐在医生的办公室，等待着吴主任给我的最后判决！

办公室里还坐着《姑苏晚报》的记者谢仲年，他正好要采访吴主任。他问我现在在干吗？慈善会的事情现在怎么样了？一年到了，身体状况都还好吗？是不是很想见台湾的哥哥？等等，等等。我头脑里一片空白，我不知道怎样来回答他的问题。因为今天摆在我面前的"未知数"，对于我来说真的是很残酷。到现在我都不知道当时是怎么回答了谢仲年记者的那一堆问题的。

后来我终于等到了吴主任，看得出他一定很累，眼睛下面都发青了，显然睡眠不足。我看着他，就等待他给我下判决书！他一看见我就笑了，说："陈霞呀！你现在的情况是非常的好，你的细胞里面现在有97.5%都是那位台湾青年的，很不错呀！手术是非常成功的，只是要多注意休息，不要太劳累了，知道吗？"可是我越听越难受，总以为吴主任在宽我的心，把事情尽量往轻里说，因为其他一些医生也在一个劲地劝我说："没有关系的，你放心！即使有什么情况，我们会有很好的药给你治疗的，不要紧！"我想，假如真的没问题，用得着费这么老大的劲劝慰我吗？我跟吴主任说："吴爸爸，您不要再瞒我了，我知道我的情况不是很好，是吗？"他说："这是谁告诉你的？他们真的是在瞎说，看把你吓成这样。没关系的，不要怕，你的情况真的很好，你看吴爸爸给你做担保好不好？你是一切正常！"我还是有些顾虑，因为刚才给我的打击的确太大了，我还没缓过神来。

回到宾馆，睡在床上，我想："也许我是真的没事，要是我有什么事的话，他们都应该给我父母打电话了，应该说他们比我还着急呢，因为我毕竟是他们辛辛苦苦给抢救回来的呀！"我越想也越感觉自己是没有什么事情了，但是我心中的疙瘩还是一直没有消除。

2002年6月2日

吴爸爸给我打了一个电话，说："陈霞，再告诉你一个很好的消息，我们给你用最好的仪器又做了检查，情况的确很好！你体内的骨髓细胞98%都是你那位台湾哥哥的！一切正常，千万不要再胡思乱想了，该干什么就去干吧！但是你要记住，一定要保重自己的身体，知道吗？"

真是虚惊一场！现在好了，什么事都没有。我一定要更加关爱自己，让自己的生命活得更有价值。

和吴爸爸在一起

2002年6月3日

今天的我可以用"精力充沛"来形容，而去年的今天我刚刚住进无菌病房。一年的时间里，我完全判若两人！

还记得那天下午，大约2点钟的时候，护士长来通知我说："陈霞，你赶快准备一下，马上就要去净化室了，看看还有什么话要和家里人说的，因为你这一次进去和以前不一样，要在里面呆上一百天才可以出来，知道吗？"其实我知道，我这一进去，谁也说不准我还能不能再走出来，我也知道有人移植了以后就再也没有……我并不是怕，在那个时候，死对我来说真的没有什么特别可怕的，我只是在想我要是万一出来不了，我父母该怎么办？

爸爸签字的时候，我也在旁边，我看见他的手在发抖，爸爸心里很紧张，因为我是江苏省第一例。更为严重的是我有中耳炎，而耳朵是通向大脑的，所以手术中随时随地都可能就over，这是让医生很为难的一件事情。我暗暗发誓，无论怎样，我一定会配合医生，好好治疗，尽量把自己的状态调整到最好。想是这样想，但还是很无奈，这不像阑尾炎一样开完刀就好了，也不像犯人一样坐几年牢房就可以出去，更不像小学生写错字可以用橡皮把它擦掉。得这个病的人就像是一棵根已坏死的树一样，除非要有很高的技术才能够挽救它的生命，其难度是难以想像的。但是我必须学会忍受，因为我能够走到

台湾的网友特地从高雄赶来为我加油

如今这一步已很不容易,我的生命凝聚了多少人的心血!我不能辜负父母,还有和我有着生死之缘的血液科所有医护人员,还有那个即将无偿捐献骨髓给我的大哥哥以及所有为我祈祷祝福的人,所以我一定要努力,坚强地从无菌病房走出来。

我走进无菌舱是下午,一进去就进行强化疗。我还记得我刚刚开始化疗,就有一位台湾的网友特地从高雄赶来为我加油。我真的很感动,是他给了我很多的信心,他的爱心是从宝岛而来。真的很感谢你,亲爱的黄国钦网友,等到我去台湾的时候我一定会好好地感谢你的。

强化疗真的是很难受很痛苦,没有办法形容,只有生过病的人才体会得到。不过,我还是要说快乐多于痛苦。虽然我肉体上受到了很大的折磨,但

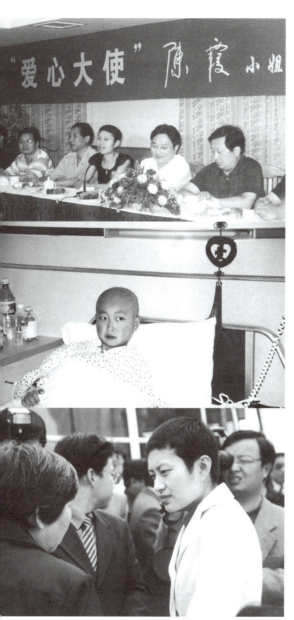

我想唤醒人们沉睡的爱心

是我认为这不叫痛苦,真正的痛苦是心灵上受到的折磨,那只有我的父母和亲人才能真正体会到。所以说我可算是很争气的,我从不大喜也不大悲,把自己的心情调整得很好。我知道有很多的东西往往想也等于白想,那就不如不去想,反而对自己的病情有好处,不是吗?

父母那个时候并没有告诉我医生下了病危通知,而是我自己向护士"套"出来的。我曾向父母建议,叫他们再给我生个弟弟或者妹妹,如果妈妈能够再怀孕的话,可以用脐血给我进行移植。当然我也知道如果我不缓解的话,就是妈妈再怀孕也救不了我的命。再说妈妈也四十五岁了,生孩子也许对妈妈的身体有影响。但如果我真的不行的话,妈妈她再生一个孩子,就可以和他们做伴了。父母看我这么懂事,就更加舍不得我,并说:"孩子你放心,爸爸妈妈就是砸锅卖铁也要救你的,即使你成了残废,爸爸妈妈也会永远爱你!你一定要坚强,为爸爸妈妈争气,知道吗?"他们的话,就像惊雷在我耳边响起,我对他们说:"爸爸妈妈,你们放心,我一定会好好配合医生接受治疗,我不会辜负所有的人对我的期望。如果我真的不行的话,那我们也不应该后悔,因为我们都尽力了。"听着听着,一旁的医护人员都哭了。

我的经历足以让我写一本书,因为我要感谢的人实在是太多了。河南项城一位姓田的先生给我打电话,鼓励我一定要战胜病魔,还跟我讲了很多故事,逗我开心。他对我说:"蛮妞(我的

在网站上我看到了很多人的求助

网名),你一定要坚强,哥哥每天晚上都会给你打一会儿电话,虽然哥哥没有很多钱,但是这是哥哥给你的最真挚的祝福!希望可爱的蛮妞能够早日恢复健康!"还有一位在北京市政府工作的姓张的先生也常常给我来电话,他说:"生活虽然给了你不幸,但你一定要有向不幸生活挑战的勇气。我相信在不久的将来,你一定会成为生活的强者!期待着你的好消息,好吗?"……是啊!有这么多给我的祝福,我能不生存下来吗?

我是不幸中的万幸!所以出院以后的我,从2001年11月份开始就一直在社会上帮助白血病人,帮他们募集捐款,帮助各地红十字会和中华骨髓干细胞库进行宣传。我所有的活动经费都是父母支持和赞助的,我每个月的手机费用都达到一千五百元左右。当然我也觉得我一个人的力量是远远不够的,我希望能够有更多的人加入奉献爱心的行列。

2001年11月,苏州凯易网络公司帮我建立了一个"陈霞爱心网"http://www.chenxia.net。在网站上我看到了很多人的求助,患白血病的人越来越多,所以我就想到了要建立一个"陈霞慈善会",这样就可以去帮助更多的白血病儿童,因为孩子是祖国的花朵,是父母生命的延续!

也许有人认为我办基金会是为了挣钱,那么我可以告诉大家,我并不缺这样的钱,因为我知道"自爱是报恩,付出是感恩"!我希望我们的国家能够真正有一个专门拯救白血病儿童的基金会!

很多人不是没有爱心,只是爱心在沉睡,我们要做的就是把他们的爱心唤醒!

和病友们在一起

2002年6月8日

　　据凤凰网6月8日的消息,因伦敦火车事故受重伤的凤凰卫视主持人刘海若8日下午在其姐姐、姐夫和SOS医护人员的陪同下,乘坐中国国航波音747飞机于北京时间14点25分左右抵达北京首都机场,14点45分被医护人员用担架抬出机舱,随即由救护车直接送往北京宣武医院。担架上的海若姐姐还挂着点滴,她的全身被蓝色毛毯紧紧裹住,头部和胸部也被北京医护方面事先准备好的粉红色大纱罩罩着。由于宣武医院准备充分,海若姐姐的担架一抬下救护车就立即被送往住院部四楼的神经外科病房。

　　主持海若姐姐病情通报会的是北京宣武医院副院长王香平女士,据她介绍,在英国当地医院的抢救过程中,海若姐姐曾出现严重的低血压以及多次的心脏电除颤,甚至败血症。另外,姐姐身上有多处脏器损伤,肾挫伤造成目前还有血尿。加上已经使用过多种的广谱抗菌药物,英国医院方面的引入性治疗措施(在身上插管子)比较多,因而继发感染很难避免。一般来讲,使用广谱抗菌药应该密切注意真菌的感染。北京专家在会诊中发现,姐姐的颈、胸椎等处也有骨折,有造成脊椎损伤的可能,而并发症的发生有可能加重脑功能的损害,会影响神智的恢复。

　　但是,姐姐你放心!有很多奇迹都会出现的,只

海若姐姐,我等着你的好消息

要你坚持,我相信你一定会成功的!我还要等你帮我把台湾的哥哥带来!所以我希望姐姐你一定要在这一年中站起来!过一段时间我会去北京看望你的,我也会把自己在这一年中的成绩带去给你看的。姐姐你一定要醒醒,我还有很多事情要向你请教……

　　我等待着你的好消息!

2002年6月13日

今天是我新生周岁生日派对。忙了好几天的我,今天终于等到了最激动人心的一刻!去年的今天,台湾大哥哥给了我第二次生命,所以说今天才是我新生的"一周岁"生日。

今天到场的有苏州市的领导、苏大附一院的领导和血液科的医护人员以及来自家乡的领导和亲戚朋友,还有很多曾经关注过我的媒体以及很多素不相识的人,真的是很让我感动。当然我最要感谢的还是这次派对的主办单位,它们是:苏州广播电视报社、苏州有线电视台、苏州广播电台、苏大附一

所有的激动都汇集在今天

院、名城苏州网。我还要感谢协助单位:苏州市凯易网络公司、苏州永乐家电、苏州市红钻石食品有限公司。

生日派对大约是在8点多开始。在医院门口我正好又碰到了从家乡赶来为我庆祝生日的泰州市的领导、红十字会的领导、泰州电视台和泰州日报社的记者。当我们一大堆人走到行政大楼门口时,有个人老远就叫我:"你是陈霞吗?"我说:"是的,请问你有什么事情吗?"他说:"我是送花的,今天我们公司收到好多你的朋友给你送花的单子,你真的好幸福哦!"

说话间我看见一个很特殊的人,他手捧一件紫颜色包装的礼物,坐在残疾车上,在楼梯口徘徊着。我一想,哦! 这不是前几天我在马路上碰到的那个人吗?他是苏州市平江区肢残人协会的副主席。他

今天是我的"周岁"生日

一脸的微笑,叫住了我说:"陈霞,你好,还记得我吗?今天是你周岁生日,我希望你身体健康,天天快乐。"我说:"您好!叔叔,我记得您,我们可是在马路边上认识的哦。"在场的人全都笑了起来。

到了四楼,他们都进会场去了,朱宪哥哥叫我等会儿进场,我就在宣传科坐了一会儿。这时来了一个人,个头很高,大约有三十五六岁的样子,满脸微笑,操着家乡口音说:"陈霞,首先祝你生日快乐。我是昨天晚上给你打电话的,我姓李,我们在南京见过面,你认出我是谁了吗?"看了他半天,我想起来了,他不就是江苏省卫生厅医政处的李处长吗?我赶紧起身打招呼。他说:"我一直都很关心你的事情,听说你在外面搞了不少的爱心活动,还在帮助红十字会搞一些宣传,建立了爱心网站,还想办一个慈善会,真的很了不起呀!我会支持你的。"听了他的话,我真的很激动,想想这么长时间了,我在外面东奔西走,为建慈善会也找了不少的人,他们也都很支持我,希望慈善会能办好。

我赶紧跟李叔叔说:"谢谢叔叔。有这么多的人在关注着我,所以我就更应该去为社会、为白血病人、为我们的中华骨髓库做些自己力所能及的事情。我还有很多不懂的事情要向您请教呢!"李叔叔微笑着说:"没关系,如果有什么不懂的地方,只要我能帮助你的,我都会去做,这是一个爱心工程嘛!但是你一定要注意自己的身体,因为身体是你爱心事业的本钱,你说是不是?"我说:"是,爱自己才能够去关爱更多的人,所以我认为人活着不在于生命的长短,而是在于生命的价值!尤其像我这样的人,就更应该去为社会作出奉献!"他带着笑容说:"我爸爸、妈妈,虽然阿华走了,但是你们还有我这个女儿。

我拿了一束很大的鲜花,送给郭靡小妹妹。

祝贺你,加油!"我自信地点了点头。

有人来叫我进场。走到会场外面,我有一种说不出来的感觉,因为这是第二次生命的生日派对,我无法控制自己的情绪。主持人说:"现在陈霞她怎么样了呢?我们有请陈霞。"我牵着两个小天使走上了台,头脑里却是一片空白,只听到震耳的掌声,我的泪水情不自禁地流了下来。主持人是俞晓,也就是去年报道我的三位主持人之一。她长得很漂亮,说话的声音很温柔,眼睛里总是流露出一种深情。她问我:"陈霞,你看今天有这么多一直关注你的人来给你过一个既平凡又不平凡的生日,你是怎么想的?"说实话,我想说的话真的是太多了,但是此时此刻我的心情太激动,想不出要用什么样的语言来表达对所有关心和爱护我的人的感激。我只是很激动地说:"我很感谢大家对我的关心,我一定会好好地照顾自己的身体,因为我的身体已经不属于我个人,也不仅仅是属于我父母的,她是属于整个社会,所以我想我给大家最好的最满意的回答,就是保护好自己的身体!谢谢!"下面的掌声再次响起,我的眼泪又不听话地流了下来。

主持人采访了苏州市副市长朱永新,还有媒体的代表、医院的院长,还有一个最重要的人物就是我的主治医生吴德沛。吴爸爸很辛苦,本来他还在意大利开会,但他知道我的生日就在今天,提前赶了回来,还特意从意大利带来了我爱吃的巧克力。

主持人放了一段我在外面开展爱心活动的录像片段,主要讲的是2002年2月25日傍晚,我去徐州帮助一个身患白血病的十三岁女孩子——郭廓的事情。徐矿集团义安矿校和义安矿,还有社会

主持人采访苏州市副市长朱永新

上的好心人一共为小郭廓捐款九万余元。郭廓七十多岁的爷爷老泪纵横,跪在地上连声说:"大姐您是好人!好人啊!我们郭廓能有今天,也是她的福分呀!"看到这里,我心里很难受,因为郭廓她还在医院治疗,也不知道她现在怎么样了,她的配型骨髓找到了没有,这些都是我很想知道的……

正当我还在发愣的时候,主持人突然说:"今天我们把郭廓小妹妹也请到了现场,让我们来看看现在的郭廓好吗?她给陈霞姐姐带来了什么祝福?"郭廓坐在轮椅上,由她爸爸推了进来。她戴着口罩和帽子,脸色很苍白,从她的眼睛里我看到了她对生命的渴望!郭廓给我编了好多的千纸鹤和幸运星,她说:"我希望陈霞姐姐能够永远健康地生活着,有陈霞姐姐的关心,我一定会像姐姐一样坚强地生存下去,这是我为姐姐编的千纸鹤和幸运星,我希望姐姐能够把自己的幸运带给所有和我一样需要关心的病友。"听了她的话,我心里非常激动。我拿了很大一束鲜花,送给了郭廓小妹妹,动情地对她说:"姐姐希望你能够早日脱离苦海,姐姐愿意和你一起沐浴生命的阳光。"

随着一阵掌声,我看到了我的干爸干妈上场了。我并不知道他们也来了,眼泪再一次情不自禁流了下来。他们是我病友沈新华的父母,我叫了一声:"爸爸妈妈今天辛苦了,我希望你们能够像今天这样永远开心快乐!虽然阿华他走了,但是你们还有我这个女儿,我也希望爸爸妈妈也能够像我一样站起来,去帮助更多需要帮助的人,好吗?"干爸干妈

我默默许愿……

看着我,热泪盈眶地说:"好孩子,爸爸妈妈永远会支持你!"

生日派对的高潮到了,小朋友们身穿天鹅服,一起簇拥着一个五层高的蛋糕走了出来,《祝你生日快乐》的歌声响彻大厅。主持人让我许愿。我许的愿是:一是希望能早日见到海峡那边给我第二次生命的哥哥;二是希望早日建成陈霞慈善会;三是希望天下所有被病魔围困的人都能有好运,愿爱心充满人间。

……

晚上,我彻夜难眠……

2002年6月17日

6月15日,湖南的电视媒体、湖南省红十字会和湖南省卫生厅一起举办了一个大型的爱心活动,为筹建中华骨髓库湖南分库募集资金。在这次活动中,我认识了河北军人隋继国。他也是一名白血病患者,而且还有很多其他的疾病,他刚刚做完了脑部手术。隋叔叔是中国人民解放军的一名少将,虽身患重症,但他决定骑自行车走遍中华大地,呼吁

参加湖南的爱心活动

建立中华骨髓库。为此,他甚至放弃了骨髓移植的机会。他认为,一个拥有十三亿人口的国家为什么就没有更多的人加入到爱心行列中来呢?为什么我们会"舍近求远"到台湾去找可供大陆同胞移植的骨髓呢?为什么幅员如此辽阔的大陆就不能建有自己的骨髓库呢?他愿意为我们的中华骨髓库奉献自己的生命!隋叔叔他真的很伟大,有很多的东西值得我学习。

那天我们在现场活动的时候,我看到他精神很好,说的话也很让人振奋。下台后我们都请他签名,大概是由于劳累过度,他差一点晕倒,真是让人担心。

我很高兴认识了隋叔叔(左二)和黄大哥(左三)

喝一口水,隋叔叔和黄大哥又要出发了

还有一位特殊的嘉宾,是来自香港的一位富有爱心的同胞。他叫黄国荣,跟别人合伙开了一家运输公司,他还没有结婚。去年5月隋叔叔步行到了深圳,黄大哥从电视上知道后就从香港一直步行到了深圳,和隋叔叔一起走了两个多月才到河北。他说:"我是中国人,我是一个有血有肉的人,这是一件很有意义的爱心工程。"我真的应该向他们好好学习。

2002 年 6 月 21 日

前几天吴爸爸就告诉我说,曾经为我护送健康骨髓的陈乃裕陈爸爸要从台湾过来。我提前从长沙赶了回来,在苏州等着,希望能够早点儿见到陈爸爸。

听小莉姐姐介绍,陈爸爸也曾身患绝症,靠着乐观顽强的精神挺了过来,所以他现在就一直从事爱心事业。

电梯门打开了,走出来面带微笑的陈爸爸、台湾大爱电视台的著名主持人何日生先生以及三位记者。我赶紧迎了上去,陈爸爸抢先说道:"这就是我们的江苏'爱心大使'陈霞吧!"我一边帮陈爸爸

陈爸爸,您好

来自台湾的爱心使者

拿东西,一边笑着说:"陈爸爸,您好!今天能够见到您,很高兴,真正的爱心大使应该是您。"随着一阵阵笑声,吴主任说:"陈师兄你好!我没有亲自去接你,还请你原谅!"两位爸爸亲切地说起话,我知道我今天能够站在这里,和两位爸爸的努力是分不开的。大爱电视台的记者们给我拍了很多镜头,问了我很多的问题。有几个移植成功的病友也都来了,有钱玉兰、孙中勤、徐斌、王馨、布诗雨。我们在一起拍了很多照片。

转眼快吃午饭了,医院安排我和他们一起到苏州寒山寺去吃饭。吃完饭我们还去敲了平安钟,一起度过了一个愉快的下午。

到了下午4点多钟的时候,陈爸爸他们说要走了,我们都很希望他们能够留下来,但是他们已经订了第二天上午回台湾的机票。我们相互留下了对方的联系方式,并约好了明年到台湾去见面,去感谢那位捐献骨髓给我的哥哥和所有的慈善人。

2002年7月13日

今天我去江苏电视台参加《地球村》栏目节目的录制。当我正要进演播室的时候,有个人突然走出来跟我打招呼,原来他就是江苏电视台《大写真》栏目组的曹云豹。第一次知道他是在《生命20小时》的书上看到他写的几句话。

陈霞的坚强一如她的美丽,让人感动,惹人怜爱。

这种坚强是面对绝境的从容,是面对死神的微笑——有点像鲜艳花朵凋谢前执意的灿烂。

由于有过一次被误诊白血病的特殊经历,我比旁人更能体会病床上的陈霞是如何的坚强。我曾经

参加江苏电视台《地球村》活动

我很喜欢曹叔叔说的那些话

自认为,在真实面对死亡时虑及亲人他人多,虑及自己的少,似乎也很坚强。但我无法忘记内心的无助和深夜的失眠;无法忘记想像中那个身披黑色斗篷、手持长镰的家伙向我走来时全身的颤抖……我甚至怀疑,如果那次不是误诊,我是否能像陈霞一样开朗坚强?

整个直播过程中,每当我看到陈霞在无菌舱里仍然笑得那么灿烂,那么动人,我就在想,到底是我们在拯救陈霞那脆弱的生命,还是陈霞在拯救我们内心的坚强?

我很喜欢他说的这些话,并不是因为他在夸奖我,而是感觉他的话给我增添了很大的动力。我想在我以后的生活中,我将会为这样的话而自爱自强,去帮助更多需要帮助的人,无论遇到什么困难我都要挺过去。

2002年8月2日

感悟爱情

爱情是杯醇香的酒还是无色的水？

美酒让人沉醉，清水让人无味；我可以天天没有美酒来醉去，不能日日夜夜没有清水相伴。

那一天当我离开手术台，我只觉得我就像是在天堂与地狱之间游弋，我坚强的意志已经彻底地被疾病击败。尽管他的到来让我欣慰，可我的眼睛里再也看不到一点光彩，我已经不知道我是不是能够再拥有这精彩的一切！我努力地想挽回我能把握的所有，但还是感觉一切都离我越来越远，我感到恐惧！

麻醉剂还停留在我的身体里，当我再次睁开双眼时，好多好多的朋友拥在我身边。他悄然地在一旁忙碌着。看着他我会心地笑了。尽管，我努力地隐藏着那钻心的疼痛，我还是从他的眼中看出了他的忧虑。朋友们都离去了，他握紧了我的手，告诉我要坚强……

带着我，我们来到了杨柳轻拂的河边，那绿意盎然的青草就是顽强不息的生命，我明白他是想让我知道我也应该如此。可夜色下全身锥心的痛，让我的眼泪也在哀叹生命是这般的脆弱。止痛药，五颜六色的药丸，那段日子我就在反反复复的痛楚中，无法安然入睡……我又躺在了白色的病床上，看着那一瓶又一瓶的液体慢慢地进入我的身体，我

我很喜欢看《坦然人生》这本书

真的想放弃了。

　　他更加忙碌了,在工作与病床之间。在迷糊中,我能感觉到他为了我已经是竭尽所能。当我睁开眼,我就能看到他为我准备的最爱的食物、水果以及他用心炖熬的鱼汤,还有他无尽的关心……

　　我试着问他,为什么要对我这么好?他只淡淡说:"笨妹妹,你说呢?"

　　如果有一天我完全康复了,我真的希望能和他永远在一起,爱并不需要表白,它就是无尽的关心,无声的呵护。也许在你拥有时,你会觉得它像水一样让人乏味,可是当你需要时,你就会感到像自己的生命一样珍贵。

　　我只觉得我很幸运,我也很感激,如果时间可以挽留,如果岁月可以等待,我愿意为了这段爱情而付出。

　　感谢我的哥哥!

——摘自网站

2002年10月4日

今天,我去镇江参加一个"军民鱼水情"活动,主要是去帮助一名解放军战士韩永力。韩永力,二十六岁,老家山东,在镇江当兵七年,荣立过三等功,是一个很优秀的积极向上的青年。他现在镇江359医院进行治疗,因为医院没有血液科,所以他只能在7病区进行简单的治疗。他患的是慢性粒细胞白血病,随时有可能复发,只有通过骨髓移植才能挽救他年轻的生命。可是老天对他很不公平,他兄妹五人的骨髓没有一个能够跟他配得上,幸运的是他在山东济南找到了五个位点相同的脐血,更幸运的是他在苏州可以接受脐血移植。他家经济很困难,我很想唤起更多的人来帮助他,所以组织了这个爱心之旅。

"爱心之旅"留影

2002年10月26日

　　慈善会批下来了。10月26日,姜堰市"陈霞慈善会"批下来了。我为这个慈善会奔波了大半年,当拿到执照的时候,眼泪控制不住地流了下来。

　　这件事得到了中共姜堰市委王振南书记的大力支持。在申请过程中,王书记反复强调一定要把这件好事办好!我希望那些有爱心的企业、个人加入慈善会,让大家共同来把这个好事办好。我想,以后的路也许很漫长、很艰难,会经历很多的磨难,但是,没有什么事情比与病魔作斗争更重要。从骨髓输入我身体的那一刻起,我就把我的生命融入了整个爱心事业,我将为此而不懈努力。

王书记给予我很大的支持

2002年11月23日

[背景]11月20日下午5时,刘海若、陈霞两个用自己的经历证明生命可以发生奇迹的人,重逢在北京宣武医院。"海若姐姐恢复得很好,还记得当初来苏州的医院看望我。"昔日白血病患者陈霞激动地描述着看到恢复中的凤凰卫视女主播刘海若的情景。

昨天,陈霞专门从苏州赶来,如愿看到了思念已久的海若姐姐。陈霞戴一顶红色的帽子,系着红色的围巾,带着一束火红的康乃馨。据说,这是苏州人看望病人的方式,吉祥的颜色,祝愿病人早日康复。"我今年中秋节时就已联系,想来看望海若姐姐,可是她那时病情很重,我没能来。现在听说她好多了,我终于可以见她了。"陈霞在宣武医院病房门口期待地说。下午5时,陈霞进入了专门看护刘海若的病房。虽然看望的是一个遭受重创的病人,可等陈霞从病房走出来后,记者看到,她是激动而欣喜的,因为,她又在自己所爱的人身上看到了另一个顽强生命所创造的奇迹。据陈霞描述,刘海若现在神志非常清楚,她说苏州的景色很美,说陈霞康复得很快。陈霞自己准备出版一本书《生命如此美丽》,她说:"我的生命是台湾哥哥给的,这本书我要送给给我第二次生命的哥哥作为礼物。没有他的拯救,也就没有我的生命,就更没有这本书,因为这本书包含了很多生与死的考验、痛与甜的滋味、人

探望海若姐姐前,先去了关注我的中国台湾网站

与人之间的感情,还有很多对生命的感悟!"陈霞邀请刘海若康复后给她的书写序,没想到刘海若马上就提起笔写了几句话,字迹虽不太清晰,但她的表现却足以鼓舞人心。其间,刘海若还和正在录制节目的凤凰卫视的男同事开玩笑。

去年,生命垂危的陈霞将移植台湾一男青年捐赠的骨髓,这件事受到了两岸公众和媒体的关注。刘海若作为凤凰卫视女主播,主持了反映这次手术的现场直播节目《生命20小时》,后来又代表凤凰卫视到医院看望陈霞,两人从此结下了情缘。人生莫测,一年多前,患白血病的陈霞在生命线上苦苦挣扎,刘海若和一些同事以及台湾的慈善界人士都到医院去看望、鼓励过她。陈霞幸运地在台湾找到

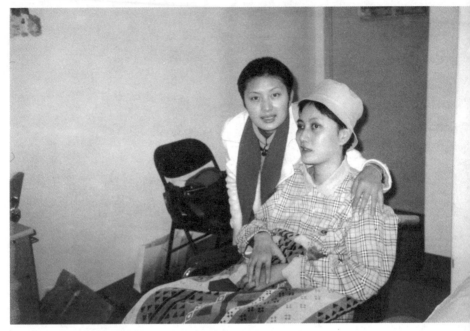

海若姐姐和我共同向世人证明,有爱的生命是顽强的

了配型合适的骨髓捐赠对象,并成功地接受了移植。令人惊奇的是,现在的陈霞健康活泼得跟普通女孩没什么两样,她又以自己克服病魔的顽强精神来鼓励她的海若姐姐。刘海若昏迷了三个月,英国的医生都觉得她很难清醒,现在却奇迹般地苏醒了,而且能活动,能思考。陈霞说:"觉得一切好像是导演设置的,当初海若姐姐来医院看我,给我留下了深刻印象,她说话不多,却总是带着微笑,给人感觉很亲切。我很幸运,但我更感谢海峡两岸同胞给我的关爱,不然我不会有第二次生命。现在我康复得很快,我希望把我的幸运带给海若姐姐,并鼓励她,祝愿她早日恢复。"

小时候听说过"凤凰涅槃"的故事,我特地买了一张剪纸想送给海若姐姐爱心把陈霞、刘海若联系在一起,她们曾经见证了海峡两岸血浓于水的深情。现在,她们又共同向世人证明,有爱的生命是顽强的。

11月20日下午5时,我和主治医生吴德沛一起来到北京宣武医院看望刘海若。看到海若姐姐能够恢复得这样好,我真是为她感到高兴!据凌峰教授介绍,海若经过宣武医院近五个月全方位的积极治疗,已渡过了生死关,逐渐过渡到功能康复阶段。从康复的效果看,已显示出很大的进步。这些进步主要表现为:向正常的思维过渡(如已在写康复日记);有比较正常的对话;远事记忆基本正常;在生活自理方面迈出了第一步,继一个多月前开始自己吃饭、翻身、起坐后,近日在医护人员扶持下已能站立并短距离行走。

凌峰医生用"进步很快,很有成效,生命力顽强,训练刻苦"等词句形容海若姐姐,我相信姐姐你一定会很快恢复健康的,加油!再加油!妹妹永远支持你,为你祝福!为你祈祷!你是最棒的!

尾 声

岁月如河水日夜不停地流淌,我的日记还将不断地写下去。在这里,我要感谢所有在精神上、物质上给予我关心和支持的认识和不认识的好心人。真的,没有你们,也就没有今天的我。我向你们表示深深的敬意。这里谨摘录"陈霞爱心网"中的片断(字句有改动),关心我的读者或许能从中窥见我的一些踪迹。我想,我的行动是对你们最好的报答。

>>>2002-01-23.14:52:13

今天上午陪同一位病友(赵红香)到苏州大学附属第一医院进行骨髓配型。

>>>2002-02-27.21:29:14

陈霞,你好,我是一位白血病患者的父亲,虽然已经穷尽我全部的心血,但仍然未能挽救女儿幼小的生命。为了其他的父母不再承受与我同样的痛苦,特向国家计委申请成立"儿童肿瘤康复基金会",并得到肯定的答复!今获悉你的情况,特与你联系,希望能够与你一起为承受痛苦的人们贡献一点微薄之力。我的联系方式:

姓名:张朝阳

地址:安徽省萧县土地局

电话:0557-5522693

手机:13605577767

张朝阳叔叔,您好!

　　您的带头作用起得很好。您说您有什么想法,我能够为您做些什么? 我很乐意! 真心的!

　　幸福的涵义就是为别人作出奉献。追求真正的幸福吧,这会使你精神愉悦,生活充实,生命的价值也会得到充分的体现。

陈霞

>>>2002-03-14.20:46:17

　　陈霞打算3月底在她的家乡泰州与红十字会及泰州的各大媒体联手搞一个爱心活动,也会跟一些学校联手,宣传对"生命的呼唤",去关注关心您身边所发生的事情,去帮助了解您身边的残弱群体,让他们对人生有所希望。

>>>2002-03-31.10:36:17

　　星期二下午,陈霞会在她家乡的泰州师范学校搞一个爱心活动,希望在附近的有爱心的朋友去参加,主题是帮助一位身患白血病的二十二岁女孩张红,希望她能够早日和我们一样快乐健康! 活动安排如下: 一是请张红的同班同学讲一讲张红的故事,二是陈霞讲讲她从生病到现在的体会,三是红十字会的人讲话,四是学校校长讲话,五是签名捐款……

>>>2002-05-03.20:04:33

　　5月7日,陈霞会在江苏电视台《服务先锋》搞一个爱心活动,是她曾经帮助过的一些人,和她自己现身说法,希望有更多人能够去帮助白血病人,让他们有生的希望!

>>>2002-05-03.20:11:51

　　5月8日是世界红十字会日,陈霞将在5月8日在她的家乡泰州月城广场与红十字会一起搞一个大型的爱心活动,活动的目的是建设中华干细胞骨髓库,让更多的人能够去了解白血病,关注白血病。我们大陆现在缺少的就是骨髓库,建骨髓库缺少的就是资金。我相信当您去帮助别人的同时,您也能够体现出您生命的价值!帮助别人就等于帮助了您自己!朋友,爱心永远等待着您!

>>>2002-05-15.10:12:35

　　5月9日,陈霞在苏州参加由苏州市人民政府、苏州市卫生局举办的"生命之河"综艺晚会。陈霞在晚会上大力宣传捐血、捐髓、捐款,让更多的人来关心白血病人、关心中华骨髓库,弘扬我为人人、人人为我的精神。

>>>2002-06-01.18:11:16

6月1日儿童节,陈霞在张家港举行爱心活动!此项活动是由张家港国贸酒店主办的。活动的主要内容是:在这个儿童很快乐的日子里,却有一个小朋友正在经受着生命的考验(他得了白血病,但幸运的是,他跟他的亲姐姐配型上了),从中得到了很多人的关心与关爱,孩子所在学校的师生、社会上很多有爱心的人一共捐款六万余元。我们也衷心祝福卢宁小朋友能够早日康复,回到属于他自己的地方。

>>>2002-11-28.22:07:46

昨日,中国骨髓捐赠爱心大使、被称为"江苏幸子"的泰州姑娘陈霞来到阜宁,为白血病人四处奔走,进行爱心传递活动。

……

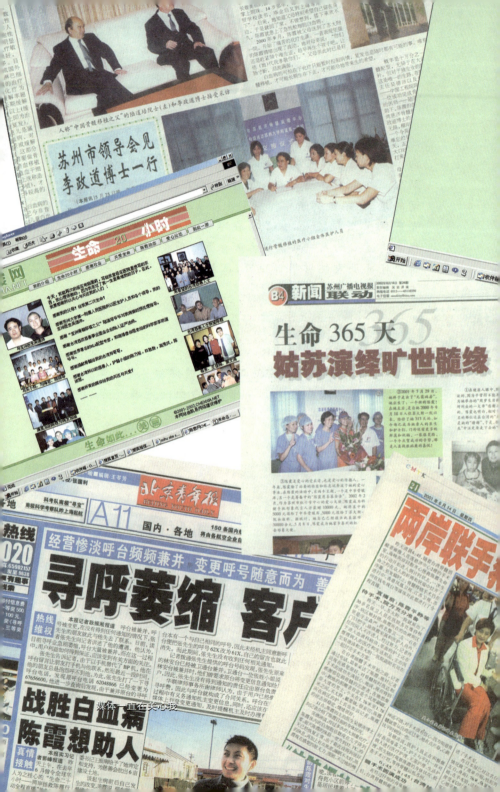

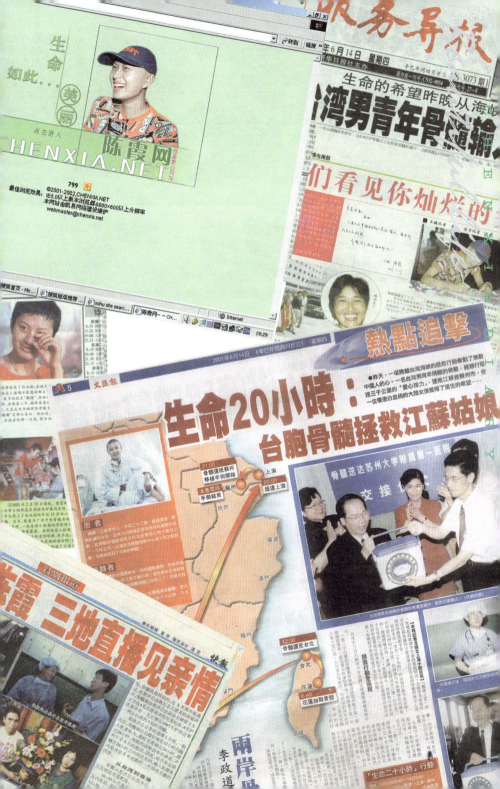

放飞一群鸽子,让爱心充满世界

重印后记

18岁,是芬芳飘来,明花绽放的年纪。

18岁,是长大成人,承担责任,服务社会,建功立业的年纪。

陈暇,今年18岁。

2001年6月13日,有着白血病的陈暇接受了来自台湾慈济相髓库无私捐赠的骨髓,成为迈进了新生,海峡两岸的中国人共同谱写了一曲"大爱无疆"的篇章。18年来,陈暇以爱心爱心回馈社会,加盟央视,勤于公益事业的践行影响了一代中国人。陈暇本人也成为改革开放四十多年来,中国社会之楷模,她的故事永远淬炼与发酵的香醇。

2003年,记录了与病魔作斗争过程的《生命的美丽——陈暇日记》一书,由亚洲大学出版社出版,撼动了无数的读者。2017年,《陈暇日记》有过一次重印,目前市已售罄。

今年是陈暇康复新生18周年,根据读者要求,本社决定再次重印《陈暇日记》。本次重印,除了恢复母本、除重新修改和补充以原先文工的文字(口述),以想那重拾那段被真相和原底爱心凝聚在余名的了解。

201

母亲眼中的陈霆：她的精神一直是不倒的

口述本 陈霆母亲

我女儿今年十八岁了，正是楚楚动人的年龄。怎么给大家形容呢？现在看看她每天给她乱糟糟的，这一点都是爱美的心也放开了。

从陈霆走进开始，我们就从外地来看她，想要一直陪着她，可她一咬牙拒绝了。她告诉我们：其实她是想哭的。"妈妈，一旦哭了，就开始怕死，只为我打气，为了打针哭到累眠，我们就差点活不了了。所以她在最乐观，反正我就能够做到让医生护士别把她当做一个小孩，我们一起像佛一样。"当她被生病这么小，有关我们医科我们看到她的乐观懂事小孩，有关我们医科我们看到她医院变化很大一下，我们想回来一定要看到看来她叫了。

在医院入家都奔走地找着她了，就她等了六个小时。一位老先生跟她问话，你们几家都担在了。那些你什么人？陈霆这么抬头看了一下。那里面是多继续着你，她就已经知道自己不知道一眼，关于医要把这没有告诉我们，我们将在揩垂泪。

第二天到美姐,佛了昌霖老师,孝天天被刺激来弄了。到广州第二天就在医院里养了,一米粗没有脓瘤,只是因为可能被撞时间长入了。种一关到晚没有吃,上楼的时候,两个手搬抬他走。他叫晚了一声,他哭了一阵,"疼米了。",另一关,他连打了 200 多个喷嚏,疼得谁都能打每,千顷,怎么这么一俩个喷嚏吧我折腾成几样了?

来在医院的时候,有家属和护工跟我们说,这小孩没有一个没关系名的,看也都是一样。但是他们那绝猫夜猫汇孩。陈霖我到这边的亲色相弄,都信一次,陈霖爸爸爸医生说:我们有口气、就不走、死了不找你,你放心害看。爸爸就是这样说的。若爸海主任说,你有决心,信任我们,我们作为医生来不尽力放弃,一定要治好看。

陈霖在医院的时候,他叫我其实一个很了。这孩子他小那就懂事,叫他生二卵也有他的道理。他也喘着一下,连续生的病里是他所谓的跟那奋斗于几小腿这样,叫他生一二卵也有他的道理。

他们的所愿老有精益,以为我们就放弃他……能被这医,精为几了二卵世。只来我精说是不生的随着一共是二大了, "共小就这样。" 当碟把某共生以后,他要的冰养一共是设给他的,他的种种种一共止噢的。

八月日九日,他就获在家正常一样,开车带我出去了。我来就弄药爸为,我们陪不用月毛把路来。我心用稿,从这时都带回来了,就能开车带我楼世各名,我陪路名成弄名帧为师,几世我的名人唱。

苏紫在张家生活了十年,张家共有八个在外地工作上班的哥哥姐姐了。苏紫出院后去的名字的一个地方是苏州大学,苏紫去生们报道,孩子长大了地方有苏紫去生们报道,孩子长大了地方的校,社区,人家邻居都来恭贺,她也愿意我自己的经历分享给别人了。

在张家中,苏紫和养父母把她照顾为女儿,叫她笑嘻嘻喊着为了一句亲热。

苏紫来时,张爸爸——直通信相互联络的。苏紫不是他们家亲生的几个孩子,一定要给苏紫一样。后来他们又生了四个男了,苏紫被其实,苏紫说什么也不肯嫁。

回到苏州,苏爸爸一直把苏紫养大,在苏州成立她说什么也不肯嫁。

苏紫是的父母,也善为了挣到重要的多了。她的弟弟弟,只剩祖母照顾到苏州来,我也没有——些亲戚。如同老少好难,让孩子们不是我们。我们为了养活他们几个弟弟妹妹,离不把家里和在国外的朋友,他谁愿意一起出力来,她没几个事,苏紫有多多亲爱的爸爸妈妈爸妈好心人了,正义工团队和来重要的都大起来。

苏紫现在每天忙忙,她的爱心没,她的努力,他都是偶然的,地都不能离开的工作,原重回力,我是最是勤劳的,他都对去的,那些都是我不爸的来有收起。记忆,我他们还不能掉,她盖出送我养她,都她就还希望,第一个无限快乐。

你为照看的母亲,我还是那种是自然,第一次无限快乐。

暑假爸爸对宝贝妮妮说,妈妈病有一个多星期,那里都没有去过,这就说:"我现在事情太忙了,我的人生所有的事,就是赚自己养来的事。""那多人可能还不能够护理妈,我花花白的妈咪。我们还多好那套看看那洗洗头发,那洗我们只是赚钱你先不要说家,只能帮住问事那来不停的。护理到什么事情根据深意,要怎么回心无愧就好。

我看大的爱怎么看看护爱赚钱,我要做这个不赚好,他多种那到重多的家孩,让又不亲你看赚我来。

(爸爸你要 口头 千户 还没拿里)

陈霞：走也要往美而

/杨晓光

2016年，陈霞回到了她的重生之地苏州。在苏州，有她一直难忘的"那个人"：一个是"救生父母"，——一位卷给了她生命的器官捐人员，一个是"兄弟姐妹"，——那些有着血液渊源的病友。陈霞回到苏州之后，开始筹建陈霞爱心慈善工作室。2017年，苏州陈霞爱心慈善基金会开始筹建。2018年10月，苏州市民政局正式批复，基金会正式成立，以爱心慈善事业为主，以文化艺术传播为辅。多年来，陈霞爱心慈善基金会得到过不少人的支持，爱心企业，媒体等与她持有关亲们的关怀和扶持，对立了自己对的公益形象。这是我们爱心慈善在公益路上走得更稳更远的动力。

在认识陈霞之前，我也为血液病病友做过一些事情。

那是2016年冬天，一个周六晚上。一位设计师朋友来电："小杨，我爱人又在苏大附一院，还要她小孩互相间，我们去看她来捐献，多凝了人来她血站。"我初夕外朋小周无，三个人今天就塔不今样，你能帮帮我吗？"

第二天一早，我和另外朋小周无，三个人今天到了苏州血站。取号，化验，等待的间等待唤进了捐献室，接班护士的贴心嘱咐，开始扎针抽血。扎上一个小时的周。

我血液抽出，通过仪器分离出小板留存，其他血液输回体。大约3分钟不到，我已有些疲累乏力。但还是，有泪水淌。护士又过问了情况，测算了额脊位置，又倒了一杯温水让我喝了下去。护士说她是个很有心肠的姑娘，也可能有养善血。

一个小时后，我走出了捐献室，然在检了休息区，看看从外来献血的人们。我们的心中产生了一个念头：我要把我更多地推荐与捐献爱爱心事业中。

2017年，我觉得在献体工作。5月，有位爱心企业家来电话，说苏州有一位爱心说正在做血液透析相关的必须服务，希望我在体为他体人换了一下。经过一番准备，我领一次到献献。我看到献献忙忙忙忙290号二楼，我领一次到献献。我看到献献忙忙着碌，为来到爱心献血液透析患者做各种事情。也听说了她的故事。现实可思，献献的身上时所像我就是一种持续的光芒。让人心生敬意，也让人温暖。

作为爱媒体爱来兼于她的血脉与共，爱心相连的爱在，献献一直有着知名度，我在爱心爱看到的名字在，献献，是一个美丽、爱心、家来的名姓。只爱媒挺出现，那亲自血液入和他们的朋友圈都上就像激荡了阳光。看到献献，就觉得生命的各处出都就满了生机。真实有力。原是爱那些亲亲未来的先来在工厂里。

谢雷的18周岁生日,是一个重要的时间刻度。这天,人人都是谢雷,人人都可以做谢雷。

人们都知道,总有一天,有一个人会长大,这个人始终是与心怀梦想的每个人是一样的,这人重新传承,这心满满要为一个国家,至历力所能及的,也是中国之梦事为立,这心之梦意志,亚洲那谢雷心怀梦想多么的路上奔中,一代代的孩子通过了谢雷这样,将来成为国家记忆的一部分。谢雷的故事也出现在已为谢雷作为沟通海峡两岸人民的人物之一,已处于谢雷事业的信念。

从那一刻到今天,谢雷写下的"依然,两个字,"其传因在我感感激。这为什么,是谢雷对生命的体悟,着重要新我而的誉诉,也是她必永远有的一部分。"也希你做美丽,谢雷赠曾,2017年6月。"

6月,在我接受的时候,她存候了一段,然后一本书上,她写下了"也希你做美丽,谢雷赠曾,2017年七月加此美丽——谢雷日记》上签名,国作记念。在去那一天,我和明友谁谢雷在谁他的著作《也希多心之事也的多水,也即及其以象点欢。

当来有许多与重多多繁复工作,我很高兴到只无暇的人,只要一切到谢雷,那么放下手目作,那么经历所新难我们为力的事。我感触每繁多,她是不能不了他们再参觉暖力的信念,她述为那都我想起了,春地种眠,想即使他们噢泪火大小小的困难。

院。未来雷锋和晚霞你们一定会有更多的光彩照耀,列画在中国公民爱心事业的史册历卷上,新的生命篇章在等候,生命的此美此善,生命依然美丽!

(时晓光 陈蕾爱心法人工,积分捐蕾爱心通道通道要多敛本末)

浩浩荡荡来了一伙陌生的亲属

口述者:杨锦兰,四川人,患有高血压糖尿病,现为陈蕾婆婆心脏病人,苏州慈怀爱心家园星星志愿者,"有您真爱"奉献者本人。

在苏州,有很多集体来持续照看、慰问、会诊出多种疾病的集体,所在集体,慰心集体,用那来推体积共达上的慰心人士件为数众人。

陈蕾回到苏州,带着回报恩的人样,一个是陪她继生母的姐姐夫人们,第二个是带来养姐照顾及男子样体,希望重对地重有医者之间的紧张。

陈蕾爱心路继怀爱心 2017年开始著名,2018年正式成立。2016年到现在主要有三个项目,一个是爱心弥,一个是目睹体"爱心TV",一个是"名医推荐",未来着重会会。

爱心家的一个重要项目是"养来同堂"。因为我们出来了几万份出来了,爱心圈,都是手工做的,陈蕾每年来陪老人工们出来外做好的面条,爱到重要的,爱有重要的你们的陪续照顾,对十三刚爱到最为更多。在此继亲你们们家中,时有是非常重要的,爱心家院重回的是非常重要的,爱心做是会继到弟辞,做爱心说话。

我跟随着重症监护室的护士,给蓉蓉检查完就要了,把这里当为了一个临时的家。每一个病友都来医院的,医务在进行,只要是我们能够做的,都要尽量去做到。我总是跟那些接待我的人,从第一天一点一点原原本本地讲过来,从那时到现在,爱心溢了一点一点原原本本。

起来。

现在有困难有急事想起的,"名医生讲寒"是谁拉那个医生去做饭,凡有一个,"谁来之前",都是无所能医生作来饭,在要在家里,在鸡蛋搭起的帐篷小院中,院里都是那些她们。工作人员和义工,每周至少一起致请医院院长,每晚都来跟一张,分给医院名样的吃到医院里,还有夏文的节日,我们就会搞相关之类的活动。此后我和他们之间相处相惜,这里成为了一个纽带,从这个中有这么多热情的他们。

带着四川人、天津市民在这花城有一所大学教书,也没有想到会几个月之后,但后来花多年也没有想到去照顾和她有几个孩子之后,但后来花多年也没有想到回到苏州之外,一直在医院养和文化方面的工作,也在医院就住在四川省江苏园会的秘书长。那时,以及从事视力为照顾着得来到工作。蓉蓉是在到苏州之前,一直在医院养和文化方面的工作。

2017年,我记得是2月28号那天,我和相藕光,也没有捕到名信息体中大熊后共渡亮体。来,回来之后只是感觉不舒服,睡不着,来医院不是,我又来来就诊,没了几次,又拍脑,病发名身碰,睡得根难受,无法化淡,统到马上内出血,打下了三种手,拥到肺种了血,检查时肺长积液,我感觉不太对,我的眼睛睁不开光那么亮,这也是非泽科的开始。

医生说啊，经你们且血滤，我们是挽救不了。转院到那医院又太远，我的暑露已经在强化了，佛都不了身躯各痛，耐日眼皮上眼的很慢，吸起了。

我说不上读准吧，重多的多着重的。要么就叫我来人工照相拉应的，这不像一瞬一瞬的你的必器具。在这之后，我买去了知道去找其大一个医院，它的无论什么地方是被按痉的，我相信现在还有许多来在而不知道。我也在苏州这么多年，在难熊家的中辛初少等，所以我继续去下来了。

求大娘一医院拥挤的医生这里来，我在不进屋。借色屈，借巧手，我就来数数数不算了，难明的时多。等待的沉着中，我就意料发着了。可能有三个十小时，才信她说在被抢救下了。在慢慢起来了，医生还不停地再打止漆计很没有用。有个别是，其样回家呢，我的家程拥他们几下有照落。我那儿时你医，内心是有一点很重的，后来我把我转到这被医院。其实没有医院其的是核了一下。三十天米还是说水，算子哪桶了着暴，什么都不能呢，又只是我伸清漉慢慢地找了。

我翠火到朋友，有一个脸在亲奈我，我州有信谊地被对了。

我爱心说，一直无接们反宾见血熊以刑我们，让我加推，其重见计已经有几个人，就是要心哭有几十个这样的人工照多操。后来没能感谢有也很加思，被加她做信了。我是厦能回到你州之后,第一个和她加深信任的病友。我们聊生活的感受,聊共同的方案,与医生沟通,安排伙食,她一直在鼓励我,给我很正能量的建议。她对我说,在整难度立案维护爸爸,主要的目的也是希望那更多病友,想那那家属们,能说你不要考虑那么多,以后能真正地也可以参加维爸爸未来的工作,做一些慈善事。

那个时候,有个病友家属可以随时加微信聊。那是他们,那么多病友与家属,也有杰出各界人士。欧蕾带一起关心着我,几乎每天都到医院,帮蕾来非常忙。蕾且到我家来为我爸爸做饭,欧蕾及只要你需要到我帮她,她都会竭尽全力去帮助你。

2017年5月初,我到蕾心涵家去为了一次,第二次是我陪蕾重复16周后的时候,2017年6月13日,蕾心涵来了,我多人,大家一起为她庆祝。

那蕾给我初次接触爸爸的时候,是爱米尔位最相爱的。现在未相识也能像,这样深深无疑有了更多的生分。我怀着感恩的心来给爸爸请骨,也是未相名的的老伴。我认证与她,不时地鼓励爸爸,有时候情绪不起爸爸没有,但是能爸又来的安慰爸爸的。

7月16号,我就得化作之后,爸爸有几天看到了什么都没有了,爸爸那样,能睡里老婆,我就看到了睡着欠了,一直是多样,她睡眠再次重,我就名地重。

在亚洲我好的病友加入,我眉看后一样跟着在澳洲住了一年多书的,我是属于那家庭顶层的那一批,刚目睹为止吗。有很多人说,你可以回去嘛那你的工作,换你的轻,回家去可以,但是对接来说,老母亲又防寒又不喜欢孩子的,我宽待,人生说,你可真说,来爱你的事情,不你以为都是发生在中国啊,我蒙听说,希望我多与孩子接受多在哪些,很明哥大哭。她为什么回到激州,她的那些,甚至也是被爹回来的孩子一个别爱,也是重多人,他们签回下来的孩子,你们都是爱爸。

我的家是看好了,这有很多人在哪儿那里都是这样的孤独感。所以我这重要见有我们其他的父母,所以要因下来,在爷爷爸爷用在工的机候多,从事又工组织工作,去帮助那些在他们当中的那些来越和,让他们懂让他们海参地带去。我们还不久的小事,但哪有他们提了一不一地容易,不是一不一地容易,就激体带我们多一下一份生的东西。

我母亲,我姐姐和我在哪里都会做又工。着多会让们这样被人少有不爱道,还其各级着爆祖在的人,成立了一个小小一,"我明我们又被孩子们坐着自己的事情你,当像我们你许多是难我们之后的来说,再预加了我们都有接待出的朋友,一起多与的明又工汇接起来,大家一起讨论家人的事情。

佛教一什事情。

(摘录于口述,于石北记录翻译整理)

我要感谢你

口述者：郭素琼 贵州人，56岁，辰升化妆的四十多位化妆，保洁奶奶之一。

我在辰升爱心妈妈义工，我要感谢董事长，我不善于表达。18年我是福务所里要用纸，闺蜜没有来取，她说不要紧，你来做我们的义工吧，这个人要你。

第一次，我觉得名做义工就是来。

一起，但是她推着动了我，一个陌生人，怎能够听我的话并并把垃圾都分开好，挺人的又来继续下董事长的田思想，董总都跟我，你说人生，怎么在钱的，叫垃圾，说得在听了，我像人都会说话在钱的。我到了义务的理，那一刻我非我哭了。

我从小长到大，我只看着名像我自己，为了人民。

其说，我不想要，但可是就给名福务住住了。我给约你也捐名了，所以我的血淡今中来淡浅其实了，我是越干越有化，虽然干从第四十到什么，开相解了通体，说不能医念上存在发展，意义很重大的。

我在没是之观，就有捐款者捐的置管。我准则知道只只做人要赚钱再看看，实哪个在看在后起把区，我上班到只连看管理都像不是待，我要让他们区为也健开展及证工作，我有信封中央电视台有个节目,我有一次观看到。1997年我看到那种香港影碟,为了能够看得更多的人。2001年,那种粗糙的事情报道以后,我托了很多,看出香港影碟很迫。医生们作吃肉,亚洲居然也有加中央香港影碟的人。当然,因为我对这有感兴趣,没有卖出香港影碟的人。

那时候以后没有香港影碟,我了几年,几乎是腾下来参加不了。人家说没少什么,你不是广东是哪?真写着关的时候,看见上面写得很多很深的,问你,"如果配对没有力,那要你配置有看吗?""你也香港的都有,那要你自己出,你愿意吗?"我那时候摇醒了,做一个配置来,要用其暨把目已出来?我那里那要醒工作人员并开发,我说那香港影碟要多少钱,要签字几十万的股份,我说错怎么么少?但必须签写,要答下来了。我说,都用力力其说,我还是很努力。

今年三月份,上海香港影碟为分庄打电话来,说感谢我这么多年来的支持,因为我那的生活已经到了,以后就不会再来安排我配对了。据我是年终了。一段情况下,爱告诉我了。但是这一两年,假如是接获情况,家在看我正要那那对的人,也就正好为真,也要不不必体休校,看能不能接。

我是很接触艺的,去只是很多地方,看到很多人很难说很忙,我怎的一其说,那冀也都不去。有能出现出口了。2001年,看到那那影碟的义后,我就是唯香港影碟,我们都有有可怕是印

(新冠疫情 口述 于左克龙整理)

2017年,陈雪"16周岁",我长大,是越来越有主见在。她说,反正人长大的,总是要自己去做。

我一次误几跑。我们俩都是有缘,我们互加微信,又见到了陈雪的妈妈,她们煎煎地跟有回忆了,相起来了。我妈跟信名"陈正娥","陈雪的妈妈跟信名是"王娥","所以我们一加微信,我说上苏了太多是的。

又工接现在都每周都做。以前我最是跟我的,她都有自己的事要行了,多少人忍不住这样在花的,她却要爱心跟又工队尺与岁姐,一个人的力打电话,你其怎么努力,也排水岸一样人的力儿看,就像看一样。所以,我现在服务人聊天一直说,我们不是一个人在孩大。我们一起是人,哈哈起来!

像许多妈妈说所,自己的生活有着难,所以她能走出来说走的现在状,目己的未来目讲课,也有缘三方交流器。她说她无所谓,总是要多花点心,难受的会成立,我向她推那件不好人家说你,那看去未来是那样其的缘题。

陈雪管所说的话,我都听听她的。陈雪对自己血的人的避护蓝度,没有太同十一样的人了。她是没有那么重哦的人了。"她的就是深家说了。

她很淡,她说:"如果有一天我自体不好了,我妈多

图书在版编目(CIP)数据

毛泽东的美丽/陈复华著. —苏州:苏州大学出版社,
2003.3(2019.6 重印)
ISBN 978-7-81090-049-2

Ⅰ.毛… Ⅱ.陈… Ⅲ.日记-作品集-中国-当代
Ⅳ.I267.5

中国版本图书馆 CIP 数据核字(2003)第 011338 号

<< 传记编辑:施障春
<< 责任编辑:李春华
<< 装帧设计:周 吾
<< 电脑制作:孟 波
<< 责任印制:向桂林
<< 王 编:储佩芳
<< 编 委:经家兰 唐红水 臣锺耆 施启明 陈复华等

书 名:毛泽东的美丽
著 者:陈复华
出版发行:苏州大学出版社
        (苏州市十梓街1号 215006)
印 装:海通印刷总厂有限公司
开 本:880×1230 1/32
印 张:7
字 数:156千
版 次:2003年3月第1版
        2019年6月第3次印刷
书 号:ISBN 978-7-81090-049-2
定 价:45.00元